民宿雪国

樋口毅宏

祥伝社文庫

目次

プロローグ

丹生雄武郎《にうゆうぶろう》は二〇一二年八月十五日に亡くなった。享年九十七だった。

彼は国民的画家として愛される一方で、長年にわたって寂れた民宿のあるじであったが、その人生は多くの謎に満ちている。本人が鬼籍に入ったため、憚りながらその直前まで彼の軌跡を追っていた私が、多数の証言と彼の死後発見された三十七冊の日記などを用いて、数奇に彩られた人生を明らかにしたいと思う。

(矢島博美《やじまひろみ》)

一、吉良が来た後

Key Largo

私が新潟県T町を訪れたのは、その年の暮れも押し迫ったある日のことだ。

T町は日本海側に面する天然の良港で、越後の国と呼ばれた江戸時代には、旅人や飛脚が骨を休める宿場町として栄えたが、明治以降は北陸街道が整備されたことで人馬は素通りし、長く廃《すた》れることとなった。戦後も状況に変わりはなかったが、この鄙《ひな》びた港町で生まれ育った者は、青い空と新鮮な海の幸を誇らしげに語った。

丹生公平《にうこうへい》も生前、郷里の漁港の美しさを褒《ほ》めそやしていた。

今年は新潟で国民体育大会が開催されて活気づくはずだったが、初夏に発生した新潟地震により中止という憂き目に遭っていた。半年が経過した今もなお、半壊したままの家屋や亀裂の入った路面に、大惨事の爪痕が見て取れた。

駅から一日一本のバスを降りると、歩いて三十分ほどのところに「民宿雪国」はあった。周辺には目立つ建物はおろか人通りさえない、もの寂れた沿岸域だった。

「あんにゃさ、どご行くね」

自転車に乗った警察官に声をかけられた。誰であれ、お巡りから話しかけられると、緊張を強《し》いられるものだ。私は「民宿雪国」を指差した。

「あそこか。やってねえも同じらこて」

せっかくT町に来たならもっどいい旅館があるのに……と、老齢で痩身《そうしん》の警察官は錆《さ》びたペダルを踏みながら去って行った。

私はまだこの時点で、自らに降りかかる災難を知らずにいた。

年季が入った硝子戸の玄関を横に引くと、ガラガラと喧《やかま》しい音がした。出迎える者はいない。何度か呼びかけたが返す声はなく、到着して早々から不安な気持ちを掻《か》き立てられた。御免下さいともう一度大きな声で呼びかけると、突き当りにある廊下の向こうから、けばけばしい格子柄のスーツとネクタイの組み合わせに、額に剃り込みの入った男が現われた。この旅館の従業員ではないだろうし、どう見てもまっとうな社会人に見えなかった。

「なんや、おまえ」

私がここに泊まりたいと告げると、男は面倒臭そうな表情を隠そうとせず、「余所《よそ》を当たれや」と、斜眼で凄みを利かせてきた。

私は怯みそうな気持ちを抑えて、ここの旅館の主人に会いたいと伝えた。男はポケットに手を突っ込んだまま私を見下ろし、話のわからない奴だと顔に書いてみせた。

よく冷えたビールが呑みたかった。ここに来るまで電車とバスを乗り継いで丸一日が経過していた。大陸から吹き付けてくる北風にじりじりと体力を奪い取られていた。カラカラに渇いた喉に、輝ける泉のような飛沫《しぶき》を与えてやりたかった。

束の間の膠着《こうちゃく》状態に身を持て余していると、どこからか人を呼ぶ声が聞こえた。私は玄関を出て、勝手口のある裏手へと回った。細い木の板が敷き詰められた小道を抜けると、鬱蒼と茂った中庭が口を開けて待っていた。その中央には車椅子の男が見える。声をかけると彼は振り向いて、特に驚いた風でもなく、悠然と私を迎え入れた。

「だれら、な」

「吉良正和《きらまさかず》と言います。公平くんの友人です」

歳の頃なら五十ぐらいだろうか。壮年の男は目を細めて私を見た。初対面にもかかわらず、そこには遠い記憶の人に会うような、特別な思いを漂わせていた。

「お父上ですね、公平くんの」

男はゆっくりと縦に首を振った。私にはそれがあらかじめ決められた申し合わせのように思えた。幾らか太っているが頬の血色は悪くない。小春日和を思わせる穏《おだ》やかな気質が、公平とこの上なく似た目元に表われていた。

「ようこそいらっしゃいました。息子に代わって礼を言わせて下さい」

そう言うと周囲を見回して、誰かを捜す所作を見せた。

「さっきも呼んだのですが……来ました。公平の妻です」

私は息を呑んだ。そこに現われたのは、目が覚めるような美人だったからだ。

「家内の慶子です。わざわざこんな遠いところまで、お疲れさまでございます」

控え目だが円《つぶ》らな目鼻口に、弾けそうなほど実を付けた赤い口唇があった。まっさらなエプロンとワンピースから覗《のぞ》く長い手足は、可憐な芍薬《しゃくやく》のように伸びている。控え目に見ても、こんな草深い田舎にいることが不釣り合いなほどの美しさだった。

私は内心の動揺を悟られないよう、冷静を装いながら自己紹介をした。

「事前の断わりもなくお訪ねした非礼をお許し下さい。吉良正和と言います。公平くんとは長岡の建設現場で親しくさせてもらいました。お二人のことは彼から聞いております。きょうは公平くんの墓前に手を合わせたくて参りました」

公平くんのお墓は……と続けて訊ねると、父親は荒れ放題の林を指した。

車椅子を押す慶子を先導にして藪のなかを突き進んだ。思ったより奥行きがあり、
私はその間、眼鏡を何度もずり上げながら、彼女の剝《む》き晒《さら》した襟足をじっと見てい

た。

三分ほど歩いたところに、丹生家先祖代々之墓と刻まれた古い墓石があった。

墓を背にして、濃い緑の向こう側には佐渡島が一望できる。しかし、伐採をせず野放しにしたままなので、岬に聳《そび》え立つ灯台の明かりさえ木漏れ日のように垣間見えるのがやっとだった。白く煙った空が、私には泣いているように見えた。

私はその墓に向かって合掌したが、その実、何の感慨も湧かなかった。

それより、すぐ横で同じように手を合わせる慶子を盗み見ることに忙しかった。凛《りん》とした佇まいは、癒えることのない悲しみを糧にして、色香に一段と磨きをかけていた。私は彼女の喪服を想像してみた。公平の葬儀に訪れた男たちはそこに薄倖《はっこう》の女神を見ただろう。そして、どこまでも不幸に陥れたい邪欲に駆《か》られたに違いない。

「もっと早く来たかったのですが、あの地震で私も足を折りまして、退院した後も歩く訓練に思ったより時間が掛かってしまい、お悔やみが遅れました」

父親と未亡人は、私の横顔を見つめていた。

「公平くんはこう言っていました。いまは街まで出稼ぎに来ているが、『民宿雪国』の跡取りとして自分の役割を果たしたい。いつの日か立派なホテルに改築して、客を呼び込める宿泊施設にするのだ……と」

父親は洟《はな》を啜りながら、しきりに頷いていた。

「私たちの前ではそんなことは少しも語りませんでした。照れ臭かったのでしょう。事故があったときに新聞記者の方たちが大勢ここに来て、公平が今際の際でそのようなことを言い残したと聞かされました。今更ながら倅《せがれ》は親思いの孝行息子だったと思います。私は今でも公平のことを毎日思い出しては……」

言葉は落涙で掻き消された。止めどない嗚咽が冷たい墓石に吸い込まれていった。

慶子は父親の膝にある毛布を掛け直すと、風が出てきたから戻りましょうと告げた。その瞳には光るものがあった。来た道を逆に戻りながら、私は公平との思い出を語った。

「彼はその名の通り、公平な男でした。誰にでも親切で人当たりがよかった。ひと口に出稼ぎといっても、建設現場には様々なタイプが集まります。喰いつめた者、荒くれ者に呑んだくれ、妻子を棄てた流れ者、中学を卒業と同時に貧しい農家から厄介払いされた小僧、夜になると盛り場に出て、わずかな賃金を使い果たしてしまう輩……。そういう連中と、故郷《くに》に残してきた家族のために働いている者とでは現場でも折り合いが悪い。やれ、『現場監督が来たとき以外は手を抜いている』だ、『あいつは家族思いを吹聴しているが、本当はヨソに女ができてここに逃げてきたのだ』と、いがみ合っています。

しかし、公平くんだけは誰とでも分け隔てなく接していた。誘われれば呑みに行くが、翌朝も必ず朝いちばんに出勤するんです。一緒に徹夜で酒盛りした連中も、彼が率先してラジオ体操をしていたらサボタージュできない。結局、敵対するグループをひとつにまとめ上げたのは彼でした。

一度訊いたことがあります。君のような、誰に対しても平等な男は知らないと。人は大概自分と同じ匂いがする人間としか付き合わない。だけど君は誰にでも惜しみなく笑顔を振りまく。僕はそんな人は見たことがないと。そうしたら公平くんはこう言ったのです」

私が立ち止まると、車椅子を押す慶子の足も止まった。

「『人を見かけで判断してはいけないよ』。尊敬する父親の格言だと言っていました」

公平の父親は涙を塗り込んだ頰桁《ほおげた》を再び濡らし始めた。

「私は、ようやく自分の仕事の相棒に巡り合えたと思いました。情けない話ですが、私も現場で毎日を無為に過ごしていました。なんで一流大学を出た自分が、落ちこぼれどもに混じって働かなければいけないんだ。信じていた共同経営者に金を持ち逃げされなかったら、こんなことにはならなかったのに……と。

しかし、私は彼と会って目が覚めました。自分は思いあがっていた。公平くんのように、人を信じる心を取り戻して、もう一度事業をやり直そうと決意しました。私は公平くんに、新しい会社を興《おこ》そうと誘いました。東京オリンピックで劇的な変貌を遂げるこの国の次を睨んだビッグビジネスです。家業を継ぐと話していた彼を巻き込むことに躊躇いはありましたが、彼は私の話に熱心に耳を傾けて、最後には了承してくれました。公平くんは、実家に帰ったら父親と奥さんを説得すると約束してくれました。会社の名前もふたりの名前から付けようと話していたのに……」

涙が溢れて仕方がなかった。いくら手で押さえても、熱い雫が指の隙間を縫って流れ続けた。民宿の建物を前にして、私たちはいつまでも立ち尽くした。

公平の父親が洟をかんだ。その両目は真っ赤に腫れていた。

「どうもありがとうございました。おかげで胸いっぱいになりました。ここまで来て下さったのだから、うちに泊まって頂きたいのは山々なのですが、きょうは日が悪い。一昨日から招かれざる客がのさばっているのです」

公平の父親の言葉に、慶子の表情が曇り空のような翳《かげ》りを見せた。

中庭に通じる縁側から誰かが顔を覗かせた。さきほど玄関で私を追い返そうとした男だった。

「おやっさんよ、その招かれざる客ちゅうのは、ワシらのことかいの。さっきからお涙頂戴も結構やけど、ワシもオヤジも、腹が減ってしょうがないねん」

男は瓶ビールをラッパ呑みすると、厚顔と自嘲に塗れた笑みを浮かべた。私は自分が、勧善懲悪のドラマに出てくる登場人物のような気がした。ただ違うのは、残念なことに私が男を懲らしめられるほどの腕っ節《ぶし》を持ち合わせてはいないという点だった。

「こんな掘っ立て小屋で我慢しとるワシらの身にもなってくれや」

男がせせら笑うと、父親は彼の目を見ずに答えた。

「建て直すべきなのはわかっている。だがこの家には思い出が詰まっているのでな」

そこに家の奥からまた別の男の呼ぶ声が聞こえた。濁りの混ざった灰色の声に、私は不安な気持ちを募らせた。

「おい、オヤジが呼んでるんや。早よ行け」

慶子は父親の反応を窺ったが、彼は下を向くばかりだった。剃り込みの入った男は、広い額に稲妻のような青筋を立てると、もう一度大きな声で吠えた。

「早よ行け言うてんのが聞こえんのか！」

投げつけたビール瓶が、私の足元で砕け散った。

民宿の一階中心部にある客室へと移動した。床を歩くとミシミシと音を立てて、今にも底が抜けるのではないかと心配なほどだった。取り立てて客引きとなりそうな施設もなく、流行っているようには見えなかった。しかし建物自体は老朽化しているものの、不衛生な臭いや陰鬱な雰囲気は感じられない。象牙色の障子は音を立てそうなほど張り詰めていて、畳の縁《へり》や備え付けの湯呑みなど、部屋の隅々まで掃除が行き届いていた。

夫を亡くし、身体が不自由な義父に代わって、慶子が切り盛りしていることが窺えた。

応接間にある木目の食卓を挟んで、私の正面にはさきほどの男がピースの煙を燻らせていた。

「あんた、どこから来た？」

冷めていくばかりの緑茶に視線を落としていると、男が話しかけてきた。私が秋田県だと答えると、男は、秋田、秋田……と何度か口にして、座敷をたゆたう紫煙を眺めていた。考えを巡らせたその表情は、男が意識しているかどうかはわからないが、彼の人相をさらに凶悪なものにしていた。

「ほんまかいな。あんま見えへんな」

私は訊かれたこと以外は黙っていた。この手の輩はいくらでも揚げ足を取りにかかる。自分の土俵に引きずり込んでは相手を何度も転ばせて、尻の毛の最後の一本まで毟《むし》り取ろうとしてくるのだ。

「あんたも運が悪いのう。せやから俺は余所を当たれと親切に言うたったのに」

男がククク……と、意地悪そうに笑っているところへ襖が開いた。

現われたのは厳めしい面貌をした男だった。背は高くないが、顔の部位の作りが大きく、特にその眼光の鋭さは、ギロリと睨《にら》まれると射竦《いすく》められるものがあった。蜉蝣《かげろう》が閉じ込められた琥珀のループタイを締めたのど首は丸太のように太く、他者を畏怖させる霊気のようなものが男の全身から放たれていた。剃り込みの入った男など、この大人《たいじん》の前では単なる与太者に過ぎないことがわかった。

そして、そのすぐ後ろには、派手な顔立ちの妖婦が寄り添っていた。艶めかしい容貌で、慶子が清廉さを思わせる芍薬だとしたら、こっちは毒の棘《とげ》をチラつかせる薔薇だった。

「オヤジ、義姉《ねえ》さん、こちらはおやっさんの息子はんのお友達だそうです」

オヤジと呼ばれた男は私を見た。蛇に睨まれた蛙とはこのことで、吉良と申しますと、ひとこと言うのが精いっぱいだった。

「この前の地震で亡くなった息子はんと、一緒に会社を作る話をしてたそうです」

「ああ、聞いとる。吉良さん、まあそうカタならんで」

顔を綻ばせるのだが、目は決して笑っていなかった。

慶子がビールと簡単なつまみを盆に載せて持ってきた。卓上に置いて去ろうとしたが、「剃り込みの入った与太者」が彼女の細い手首をつかんだ。飯台に小さな悲鳴が弾けると、公平の父親が直《ただ》ちに駆け付けてきた。

「貴様、慶子の手を放さんか！」

凄まじい剣幕だった。裏庭で泣き声が止まなかった人物と同じとは思えなかった。

「まあー怖いこと」。妖婦がオヤジにしなだれかかる。彼は余裕を持って返した。

「兄さん、これはワシがあんたの舎弟やったときに、教わったやり口でっせ。昔はようこんなんして、ふたりで女を可愛がりましたな」

人は見かけによらないものだ。この親爺さんにもそんな過去があったとは。

背後から与太者に両腕を奪われた慶子は、果敢に両足を動かして抵抗を試みたが、力の差は歴然としていた。その光景はまるで蜘蛛の巣に囚われた蝶のようだった。

「それは戦後の物資がなかった時代の話だ。私はとっくに足を洗った」

「オヤジ」は薄笑いを浮かべた。そこにはこの場の主導権を掌握する者が見せる余裕が感じられた。

「だからもうワシのことは忘れたと言うんでっか？　ワシに仰山悪いこと叩き込んどきながら、ほなさよならなんて、そんな都合良くいきますかいな」

公平の父親は車椅子から身を乗り出さんばかりに血相を変えたのも束の間、震える両手の拳《こぶし》は膝の上に戻った。

「ほな警察に通報しなはれ。ただし、そのときはワシも、兄さん、あんたとやらかした悪事を、全部警察にぶちまけまっせ。あの中にはまだ時効になってないものもありますがな」

男は立ち上がって車椅子に近寄った。すかさず公平の父親が捕まえようとしたが、男が素早く後方へ下がると、父親はそのまま畳に転がり落ちた。それを見て彼らは嘲笑った。男の傍に寄り添う妖婦も、優雅な笑みを湛えていた。

その隙に、必死にもがいていた慶子が、与太者の魔の手から逃れることができた。

——私が与太者を殴りつけたからだった。考えるよりも身体が先に反応していた。

「お義父さん！」

慶子は義父を起こすと車椅子に戻した。私はそれを見届けた次の瞬間、猛烈な力で蹴り飛ばされていた。

「ざけるんじゃねえぞ！」

鋭い痛みが頭部を駆け巡った。両腕を構えて受け身を取ったが、男が飯台を引っくり返したため、手付かずの冷奴や味噌汁が私の全身に降りかかった。与太者はそれだけに飽き足らず、気が済むまで私の腹や背中を蹴りつけた。公平の父親が叫んだ。

「やめんか！　彼は死んだ息子の友人で私らとは無関係だ。手を出さんでくれっ」

オヤジは片頰を持ち上げた。初めてこの男の目が笑うのを見たが、そこには冷血な獣が息づいていた。

「ワシらを見たかぎりは帰さへんぞ」

与太者が穴の開いた靴下で、私の顔をぐりぐりと踏み付けた。

「警察の手配が回っとるから、うかうか表には出れん。オヤジの昔の仲間を頼りにここまで転がり込んできたが、このままでは埒が明かん。なんぞトラックでも盗んできて、船着き場まで逃げるのはどやと、ちょうど話しとったとこやった。おい、おまえどこかから車の一台でもパクってこいや。嫌とは言わせへん。こっちには人質がおるしな」

与太者が視線を走らせる。慶子は義父の腕につかまりながら、青褪めた表情で震えていた。私は不利な体勢にありながら、怯えるふたりを勇気づけることしか頭になかった。

「このままで済むと思っているのか。こんなに小さな町だ。遅かれ早かれ、見回りに来た警官がこの現場を押さえるぞ。お縄を頂戴したくなかったら今すぐここから出ていけ」

効果的な警告だと思ったが、与太者とオヤジは顔を見合わせて嗤《わら》った。

「警察《サツ》？　こいつのことか」

与太者が押入れの引き戸を開けると、猿轡《さるぐつわ》をかまされ手足を縛られた若い警官が畳の上に転がった。うう……と唸《うな》りながら、その目には悔しさを滲ませていた。

曇り硝子の向こうでは強風が吹き抜けていた。五年前のご成婚パレードを見るために購入したのだろう。この家にある白黒テレビが、「南シナ海で発生した熱帯低気圧により、翌朝未明にも台風が上陸する見込みです」と伝えた。

「おまえも運が悪い男やな。こいつらの巻き添えは喰うわ、台風は誘い込むわ」

「まるで嵐を呼ぶ男や」

「裕次郎でっか」

与太者とオヤジはいかにも愉快だとばかりに肩を揺らした。

「いずれにせよ、こんな暴風雨じゃ船は出ん。今夜のところはここで待機や」

客間の隅で拘束された私と警官は、三人がビールや日本酒でどんちゃん騒ぎに興じるのを眺めていた。慶子は女中として台所を往復するのに忙しく、公平の父親に至っては、車椅子に張り付いたまま、ただ項垂《うなだ》れるばかりであった。

連中は完全に支配者気取りだった。

そのうち赤ら顔に染まった与太者が、余興の一環として警官の銃を弄《いじ》り始めた。奴は弾倉に銃弾を込めると、「いっぺん撃ってみたかったんや」と呟いて、こちらに銃口を向けた。与太者は下卑た笑いを顔に張り付けて、期待通りの反応を見せる奴隷に上機嫌の様子だった。

すこぶる酔いが回ったのか、オヤジが昔を懐かしんだ。

「中国では撃ち放題やった。こんな玩具みたいなもんとちゃう。敵軍と遭遇せんで宿営地にじっとしとると辛抱が利かんでな、病気や怪我をして用済みの捕虜や小僧を並べては、退屈凌ぎに撃ち殺したもんや」

「ええなあ。俺ももう少し早く生まれたかったわ。オヤジのも見せてくださいよ」

オヤジは懐《ふところ》から自分の拳銃を取り出した。田舎の駐在が所持するそれよりも銃身が長く、見た目からしてどっしりとした重量感があった。これは随分と使い込んでいるなと思った。与太者が面白半分に唆《そそのか》した。

「オヤジぃ、昔取った杵柄を見せてくださいよ」

隣の妖婦が手を叩く。嫌な予感がした。オヤジは与太者に、私の桎梏《しっこく》を解くように命じた。

「おい、ワシと一騎打ちして、勝ったら逃げてもええど」

足元に銃を放ってきた。私は挑発には乗らず、身動《みじろ》ぎもしなかった。

「おい、どうせ殺されるんや。男の散り際を見せてみいや」

緩慢な時間が流れた。予想通り、堪え性のない与太者が私を殴り付けた。

「ふん。腰抜けが。ワシやったら素手でも向かっていくで。男やからな」

次に警官の拘束を解いた。彼は銃を拾おうかどうか迷っていた。

「こんな田舎じゃ撃ったことなんかないやろ。ほれ、男やったら勝負してみんかい」

苛立ちとも焦燥ともつかぬ時間が過ぎた後、警官はさっと屈み込んで銃口を向けたのも束の間、乾いた音とともに後方へと倒れ込んだ。警官の胸元には、血痕とともに虚無を思わせる弾孔《だんこう》ができた。公平の父親が堪《たま》らず怒声を上げる。

「この卑怯者がっ！」

警官に渡した銃には、弾を込めていなかったのだ。

公平の父親は興奮しすぎたのか、顔を真っ赤にしたまま上半身をぐったりと前方に倒した。慶子が飛んでくる。

「お願いします。お義父さんを別室で休ませてあげてください」

悪党どもは彼女の嘆願を受け入れた。慶子が戻ってくると、眼前の銃殺劇に煽られた与太者が彼女を腕の中に引きずり込もうとした。唇を奪おうとする相手に対して、彼女は必死で抵抗を図ったが、刹那、時間が止まった。

慶子が与太者の顔に唾を吐いた。奴は鬼面と化した形相で、彼女を殴り飛ばした。

「オヤジ、ええやろ。俺は溜まってんのや」

与太者は答えを待たずして、倒れた慶子ににじり寄る。彼女が震えながら後ずさりをしたそのときだった。

玄関の硝子戸を叩く音がした。最初のうち、悪党どもは無視を決め込むつもりだったが、執拗に続く打音に、慶子が、居留守を使ったら却って怪しまれますと話した。

「ええか、ちっとでもおかしな態度を取ってみい。真っ先におまえの頭を、海辺の西瓜割りみたいにかち割るで」

与太者は撃鉄を起こして、彼女のこめかみに押し付けた。

私が警官の死体を隣の和室まで運ぶのを手伝わされた後、慶子は乱れた髪を手でまとめ直してから平静を装い、玄関の前に立った。

「どなたですか」

すぐに返答があった。

「おらったですよ、おらった」

慶子が戸を引いた。姿を見せたのは、初老の警官だった。いかにもうだつの上がらなそうな容貌には見覚えがあった。T町にたどり着いた矢先に、どこに行くのか訊ねてきた警官だった。

「何かあったのですか」

初老の警官は首を左右に振った。何かを捜している様子だった。

「××、ここに来てねろか」

若い警官のことだろう。

「きょうは見えていませんよ」

「野郎、どこ行ったんだろね」

警官はキョロキョロと見回し、不躾なほど室内を観察していた。

その立ち振る舞いは、遺体と化した警官が襖一枚隔てた場所で横たわっていることを見通しているかのようだった。目が合った悪党どもは、不自然に視線を逸《そ》らした。

「おめさんだちは？」

「オヤジ」と呼ばれる男は咳払いをひとつすると、ここの主人の古い友人だと自己紹介した。

「これはワシの嫁はん。こっちは弟です」

しばしの沈黙があった。警官は顔を腫らした私のほうを振り返ると、

「なぁは昼間見たね」

と言ってから、食卓に並べられた美肴《びこう》に目をやり、

「んなして呑んでたのか。いいのお」

と頬を緩ませた。

「一杯いかがですか」

慶子が警官の両手を包み込むように握ると、その手にお猪口を持たせた。連中の両目から火花が散った。警官は照れていたが、美人に酒を勧められて悪い気はしないように見えた。私は心の中で、お願いだから気づいてくれと願わずにはいられなかった。

「だめらだめらね、かかに怒られるわ」

その足を玄関へ向けると、座敷に落胆と安堵が交錯した。

立ち去りかけた警官が、こちらにくるりと踵《きびす》を返した。

「忘れたったえた」

胸元から折りたたんだ紙を広げた。慶子に話しかける。

「ほらほらあれだ、地震詐欺とかいうのがあるんだってさ。ほれ、新潟地震があっただろう。おめさんのとうちゃんが亡くなったねか。あれで死んだ人たちを訪ねては、じょうずに言って銭《ぜん》取ってくんだってさ。仲いいとか金を貸してたとか、一緒に会社さしようねって言うたんも本当か嘘かわからんよ」

俄かにこの場の空気が暗転するのを感じた。不意の静寂が、手で摑めそうなほどだった。

「会社の名前には息子さんの名前を付けます。ついてはご融資をお願えします。それで断わったら殺すんだと」

慶子が警官の持つ用紙を覗き込む。そこには人相書きがあるようだ。彼女はハッとして口元を押さえた。警官は手配書にある犯人の特徴を読み上げてから、この場にいる者たちに紙を向けようとしたが、それは彼の手から滑り落ちた。

私が隠し持っていた銃で、額を撃ち抜いたからだった。

次の瞬間には、悪党どもにも銃弾をお見舞いしていた。

「持ってこい」

私は慶子に指示を出す。彼女は呆気に取られていたが、もう一度私が低い声で命令すると、やっと意味が呑み込めたのか、オヤジと与太者が落とした拳銃を拾い上げて、私のほうに差し出した。それをポケットに押し込んでから、私はわざとゆっくりとした動作で、畳に落ちた紙を拾い取った。そこにある人相書きは、確かに私の特徴をよく捉えていたが、実物のほうが二枚目だと思った。

与太者は血に塗れた肩を抱えながら、恨めしそうに私を見ていた。

いつも不思議に思うのだが、普段威張り散らしていた人間が、今にも泣きだしそうな情けない表情へと変わり果てるのを見るのは、なぜこんなにも爽快なのだろう。

「おまえもとことん運が悪い男だな。だから、ここから出ていけと警告してやったのに」

私は景気づけとばかり、オヤジの頭に銃をぶっ放した。血まみれの脳漿を撒き散らすと、男は前のめりになって、食卓に丸い頭を叩きつけた。ゴツンとかなり痛そうな音がしたが、幸か不幸か、奴はもうその痛みを感じることはなかった。

妖婦が、ひ、ひぃーっと叫ぶのを、私は銃口を向けて黙らせた。

「台所から包丁を持ってこい」

命令も二度目となると、慶子の身のこなしは速かった。

私は与太者の顔に刃先を滑らせた。空気を切り裂くような悲鳴と同時に、かぎりなく黒に近い緋色の飛沫をあげて、畳床に楕円形の水たまりを作った。

いつだって流れる血は美しい。それが悪人のものなら、尚更のことだ。

「えげつなぁ、なんちゅう悪玉や」

こいつには言われたくなかったので包丁をもうひと振りした。奴の切り刻まれた顔が映し出せそうなほど血の湖が大きなものになっていく。与太者が、すんません、許してくださいと平伏した。私は包丁を目の前に放ってやった。

「おまえは男なんだよな。自分で言ってたもんな」

堪え性がないのは与太者だけではないようだ。矯《た》めつ眇《すが》めつ刃物を眺めているだけの奴に焦《じ》れ、胸元を摑んでから引き摺《ず》り起こし、銃把で顔面を殴打した。こいつには銃弾すら惜しかった。銃底で顔面を殴打するたび、与太者は、あっ、あっ、あっと、金槌で打たれる釘のような声を発した。叩かれるたびその叫声は小さくなり、奴は顔面を陥没させたまま絶命した。与太者の散り際は、踏み躙《にじ》られた桜花のように無様だった。

遂にこの男の名前を知ることはなかったが、私にはままあることだった。

ソドムの市はこれからが本番だった。

撲殺で酷く興奮したため、妖婦に私の下着を取らせる頃には、すでにセックスは禍々しいまでの硬直を誇っていた。銃弾をひとつだけ込めた弾倉を手で勢いよく回転させてから止める。そして、私のセックスを咥《くわ》える妖婦の頭部に銃口を向けた。女は泣きながら許しを乞うたが、「口技をやめたら撃つぞ」と脅すと、懸命に舌先を這わせてきた。時折、かちかちと震える歯が当たって痛みを覚えたが、却って心地良かった。復讐を企てた女が嚙み千切るかもしれないという恐れと悦楽が綯《な》い交《ま》ぜになり、射精と同時に弾き金を引いた。

慶子は応接間の隅で膝を抱えていたが、私と目が合うと、次は自らの番だと悟ったようだった。

興醒めだったのは事がすべて終わった後に、慶子が、「置いて行かないで」と懇願してきたことだった。彼女は目を潤ませて私の前に跪いた。

「監獄のようなこの生活から連れ出してくれる人が現われるのを待っていたの」

慶子との逃避行を空想し、逡巡がなかったと言えば嘘になる。しかし、結果的に見れば、私が彼女に与えたものは、生温かい体液と冷たい銃弾だけだった。

六つの遺体が私の周りに残された。

好都合なことに、その中には指名手配中の逃亡犯があった。ヤクザとその部下が美人の未亡人を巡って殺し合い、他は巻き添えを喰ったと警察は解釈してくれるかもしれない。

まったく、私は何て悪運が強いのだろう。

そのためには、もう一人片付けておかなければいけない人物がいた。

別室で休んでいるはずの公平の父親を捜した。襖を次々と開けていく。そこにはあるじを失った車椅子があり、まるで蟬の抜け殻を思わせた。しまったと一瞬焦ったが、しかしあの足だ。そう遠くまでは行っていまい。

追いかけようと廊下を踏みしめた瞬間、突然床が抜けた。

「まさかこの家にあんな仕掛けがあるとは思わなかっただろう。この家は私が作った仕掛けだらけだ。だから建て直すわけにはいかんのだ」

目を覚ますと、暗闇の密室にいた。その異様なまでの静けさから、地下室ではないかと推測した。何か言おうとしたが、口唇には猿轡が嵌《は》められていたし、手足も縛られていたため身動きが取れなかった。もっとも何か叫んだところで、ここから私の叫び声など誰にも届かなかっただろう。

そのうち暗闇に目が慣れてきた。私の前には公平の父親がいた。さきほどまでと違うのは、彼が二本の足で屹立しているという点だった。

「『人を見かけで判断してはいけない』。公平から私の格言を聞いていたのじゃないのか」

やられた、と私は思わずにはいられなかった。

「車椅子だからといって足が不自由だとは限らない。車椅子を見て人々は思う。『お気の毒に……』。しかし本当に気の毒なのは、見たものをそのまま信じこむ、頭の悪い奴のほうだ」

大変ためになるお説教だったが、悔やまれるのは私が今後、この戒めを活かせる機会がないことだった。

「さすがにこれだけ死体が山積みだと、すべてをおまえとあのチンピラどもに押し付けるのは難しい。不審に思った警察があいつらと私の関係を洗い直したら、私が座るのは車椅子ではなく電気椅子になる。まあいい。手間は掛かるが、台風が来れば裏の林の土がぬかるむので死体を埋めやすい。まったく、私はどこまで悪運が強いんだろうか」

私は彼を見上げながらきつく睨んだ。公平の父親は嘲笑で返した。

「おまえさんはこう言いたいんだろう。死んだ息子の妻まで姿が見えなくなったら警察が調べるんじゃないかと。おまえさん、あの子から聞いてないのか。公平は独身だった」

そして私の猿轡を外すと、口唇に舌を差し込んできた。使い慣れた舌の動きだった。

「長いこと悪の道に身を置いているとわかることが多い。おまえさんを見て一目で見抜いた。これは同じ穴のムジナだぞと。あいつらは金のために人を殺す。おまえは私欲のために人を殺す。そして私は、殺すために人を殺す。それだけだ」

「違う、おまえはただ快楽のために人を殺す。俺より酷い悪人だ！」

私の罵倒がよほど嬉しかったのだろう。公平の父親は奇怪な笑みを浮かべながら、ガチャガチャとズボンのベルトを外した。ほんの数時間前に大粒の涙を見せた、あの温和そうな表情は、もうどこにもなかった。

「おまえが気に入った。あいつらは墓標のない土の下だが、おまえは墓に入れてやろう」

私は悲鳴をあげることさえできずに、この世に自分が生まれたことを呪った。

そういうわけで私は一度も会ったことのなかった親友丹生公平と、今ではひとつ墓の下で惰眠を貪っているというわけだ。

T町にお越しの際は「民宿雪国」にお立ち寄り下さい。あるじの手厚いサービスで、あなたをおもてなし致します。気が向いたら、裏庭の奥にある小さな墓に手を合わせてみて下さい。きっと苔のむした土の下から、あなたを引き摺り込んでみせますから。

二、ハート・オブ・ダークネス

Hearts of Darkness

新潟を訪れたのは、作家Nが衆議院選挙に出馬したのを同行取材したとき以来だから、三年ぶりになるだろうか。越後人にとって神と同義語である金権政治の権化を敵に回したところで勝ち目はないのだが、すでに作家としてのピークを過ぎたNにとって、それは売名行為というより、書けなくなった自分を絶望から遠ざけるための手段ではなかったか。

学生の頃に読んだ彼の作品に通底する、人が生きていく上で否応なしに付き纏《まと》う哀しみと諧謔に好感を抱いていたが、実際に目の当たりにしたNは、大胆と小心を同居させた初老の紳士だった。

気難しいと聞かされていたが、どういうわけか僕を贔屓にしてくれて、急な取材の申し出にも嫌な顔ひとつせず受けてくれた。長い時間、Nと膝を突き合わせてみてわかったのは、彼が「気難しい」などという生易しいレベルではなく、永遠に癒されることのない、絶対的な孤独を持った人だということだった。

しかし、愛妹を戦争で失った経験があり、作家として一時代を築き上げながら、才能の枯渇を感じて道化師への転生を選択した彼と比べてもまだ、自分のほうが不幸だと感じた。

「きみのような優秀な人には、これからも力を貸してほしい」

選挙運動の期間中に、Nはそう言って手を差し出してきた。力の籠もった握手だった。

社交辞令だと思っていたが、東京に帰った後も編集部に電話が掛かってきたので驚いた。編集の担当をお願いしたいと頼まれたのだが、しばらくはまだ記者を続けたいと話したところ、彼は快く了承してくれた。

デスクや同僚からは、もったいないことをしたんじゃないか、先生の紹介で他にも大物を紹介してもらえただろうにと言われたが、部屋に缶詰になって嘘八百を書き連ねる作家の相手をするぐらいなら、「小説よりも奇」である事実を追いかけるほうが自分に向いていると思った。

殺人犯の実家を探り当て、次の一本を吸い終えたら今度こそチャイムを鳴らそうと、遂に覚悟を決めて指を突き出す、あの一瞬にはいつまで経っても慣れることはない。だがこんなちっぽけな自分でも、あの瞬間は生きていることを実感できる。

なのに僕はいま、そうした生命の手ごたえさえ放り投げようとしていた。

上越新幹線が開通してからというもの、訪れる人より出ていく人のほうが圧倒的に多くなったと耳にしていた。若者は先祖代々の田畑を置き去りにして、おニャン子だとか新人類とか、果ては「くれない族」が跋扈《ばっこ》する、軽薄で虚栄の街を目指すのだ。ならば自分は第二の人生を、彼らとは逆に地方で過ごそうと考えていた。

入社以来溜まっていた有休をまとめてとり、今後の生活のために下調べをしておこうと思った。東京しか知らない自分にとって、真冬の積雪量が実際どのぐらいのものなのか、その期間はどう生活したらいいのか、こちらに引っ越す前に経験しておきたかった。

本来なら前日の「あさひ」に乗車するはずだったが、妙な胸騒ぎがして後日に順延したところ、案の定、運行トラブルを起こし、乗客が車内で一夜を過ごす光景を、テレビを通して傍観した。

むかしからそうだった。僕が「行きたくない」と思った場所には天災か事故が待ち受けていたし、「会いたくない」と感じた人と無理を押して顔を合わせれば、決まって諍いが用意されていた。

四年前のことだ。僕は永田町にあるホテルに宿泊する予定だったが、前夜に突然、そら恐ろしい予兆を感じて部屋を引き払った。翌朝テレビを点けると、無残な焼け跡を曝したホテルを背景にして、蝶ネクタイを締めた社長が緊急会見を開いていた。

そして昨年、現地取材のためニューヨークまで飛ばなくてはならないというときに、例の虫の知らせを聞いた。編集部には仮病を使い、入院のアリバイを作った。三年前の大韓航空機のように撃墜されるか、日航350便のように機長が逆噴射を引き起こすか、はたまた御巣鷹山に墜落するのか。僕は病院の個室でテレビを点けっぱなしにして、いつニュース速報のテロップが出るか、憂慮と残酷な期待の中、それを待っていたが、飛行機は無事着陸を済ませた。

ニューヨークに大地震も噴火も津波も来なかったし、海外に打電するほどの大事件も起こらなかった。

柳下響子《やなしたきょうこ》と初めて会ったのは、仮病で休んだ病院だった。ひっそりと咲きそろった花々のなかに、安息の地を求めるような、慎み深い美しさがあった。

能天気であることが望ましい現代において、彼女だけは憂愁を含んだ目をしていた。まるでパステルカラーのなかにモノトーンの人物をひとり探すようなもので、だから多くの患者が混み合った病院内でも、彼女のことを見つけ出せたのかもしれない。

「私ったら本当にそそっかしいんですよ。子供たちにもよく笑われるんです」

園児たちと追いかけっこをして拵えた足首の包帯を、響子は少し羞じらって見せた。長い睫毛をそっと伏せるたび、涼やかな風が吹き抜けた気がした。「羨ましいな、子供たちが」と、思わず僕の口からついて出た。響子の白い歯が眩しかった。

「保育士って、とてもやりがいのある仕事なんですよ。実の親より懐いてくれる子供がいて、少しぐらい熱があっても元気に通園してくるんです。憎まれ口を叩く子にかぎって、母親が迎えにきても私の手を離さなかったりして」

何度も、子供たちのことが羨ましくなった。

「矢島さんはとても健康そうに見えますけど、どこの具合がお悪いのですか」

と訊かれて困った僕は、顔と頭ですと、適当なことを言ってごまかした。

もし僕が、飛行機に乗っていたら、彼女と会うことは永久になかったのだ。そう思うと、確かにこれは天変地異に値すると思った。

陽のあたる中庭や食堂で会話を重ねるたび、彼女のことが好きになっていった。何気ない仕種や言葉遣いに品の良さが窺えた。これは親の躾の賜物だと感じた。

僕の父親は厳格だった。人間を型に嵌めこむことを美徳だと信じて疑わないような人だった。汚職と天下りしか頭にない官僚どもを輩出する大学に、毎年どれだけの生徒を送り込めるかを生き甲斐とし、校長を定年退職した後も、地元の教育委員長などの名誉職を歴任した。三年前の葬儀には、彼を人生の師と仰ぐ教え子たちが大挙参列したが、四十九日を終えて父親の机を整理していたら、女装をした彼が複数の男たちに後ろから姦《おか》されている写真が出てきた。僕がそれを焼き棄てたことを、母親は今でも知らない。

響子は人妻だったが、夫とは別居中だったので僕には大した障害に思えなかった。だから退院した後も何度も逢って思いを伝えた。響子は僕のまごころを受け止めてくれたのか、「ありがとう、こんな私に」と、そっと目を瞑《つぶ》った。言葉など要らないままに、僕たちは手を重ねた。何も知らぬ人々はそこに、ささやかな祈りの儀式を見ただろう。

しかし、疑うことを知らない響子に僕は胸が締め付けられそうになる。

なぜなら彼女はまだ本当の僕を知らないのだから。

新潟県といえば、人々は忍耐強く、米や酒がこの上なく美味いというイメージがある。何度か取材で訪れていたが、それは間違っていなかったと思う。以前から新潟に対して親近感があるのは、可愛がってくれた祖母が新潟出身だということが大きい。

越後湯沢に着くと大勢のスキー客で賑わっていて、町全体に活気があった。どこに行っても女子大生らしき若い女性がいるので不思議に思っていたら、そのうち何人かから、ユーミンのチケットは余っていませんかと声をかけられた。苗場プリンスホテルでコンサートがあるのだという。得心《とくしん》が行くとはこのことだった。

親戚はおろか知り合いもいない土地で、今後の人生を模索するつもりなら、地元に根付いた小宿を根城にして近隣住民に話を訊くべきだったが、まずは久しぶりの骨休みと思い、広々とした天然の露天風呂が売りのホテルに泊まることにした。

掛け湯を浴びてから素っ裸のまま縁石に仁王立ちする。静まりかえった黒い山峡が近くに感じられた。山の湯ならではの開放感とはいえ、心まで大きくなったような気がするのはどうしてなのか。真夜中で他に誰もいないのをいいことに、思いきり手足を伸ばしてみたり、少し泳いだりした。家の浴槽ではできない贅沢だった。熱く茹だった全身に顔だけひんやりと冷気があたる。そうしたちぐはぐさが、たまらなく心地好かった。湯を手で掬《すく》ってひと口啜ると、殊のほか美味しく感じられた。

見上げれば、名も知らぬ緑の樹々が頭上を高く覆っている。手を伸ばせば梢に触れられそうだ。都会では決して見ることのできない満天の星団が、僕を見つめているのがわかる。うまく言えないのだが、夜が空から降ってくるような感覚に襲われる。

しかし、最高の気分をよそに、脳裏に浮かぶのは抜き差しならない問題ばかりだ。響子とのこと、編集部での人間関係、未解決のグリコ森永事件や、自分の担当雑誌で大きく扱った所謂「ロス疑惑」のことなど、とめどなく思いが巡る。

いつだったか、どこかの社会学者に話を訊いた折、「日本人は安全と水はタダだと思っているが、今後その神話は崩れる」と言っていた。凶悪犯罪が増加することは想像できるが、たとえば飲み水をいちいち買うような、本当にそんな時代がくるのだろうか。

「あなたたちの世代は大変だよね。戦争があった我々の時代より、これからのほうがずっと厳しいと思うな」

Nの言葉だった。そういえば以前彼に、きみも何か書いているんだろうと言われて驚いたことがある。新潟三区の出馬について三時間ぐらい話を訊いた後、いきなり彼がそう訊ねてきたのだ。

「どんなものを書いているんだ。よかったら俺に読ませてみないか」

どうしてわかったのだろう。仕事とは別に、ノンフィクションの原稿を書き溜めていることを誰にも話したことはなかった。それが僕に心を許してくれた理由だったのだろうか。

うつらうつらしていたら背後に短い嬌声が聞こえて、振り返るとひと組の男女がいた。混浴のはずはなかったが、歳の離れた男が若い女性の手を曳いていた。人が来ないと思って夜更けの時間を選んだのだが、そう考えるのは僕だけではないようだ。

「どうぞ。僕はもう十分に温まったし」

タオルで前を隠しながら湯殿から出る。彼らの前を横切ると、男の背後に隠れていた女の息を呑む声が聞こえた。僕の背中を見たのだろう。

次の日も人気のない時間を狙って露天風呂に行ったが、誰の仕業か、脱いだ衣服が籠から消えていた。社会学者の言葉が頭を過る。確かに、身近なところでも犯罪が増えているようだ。

その後、露天風呂で出くわした男と、ホテルの通路で二、三度すれ違った。そのたび男は、「おまえの秘密を知っているぞ」とでも言いたげな、下卑た仮面を顔に貼り付けていた。

翌日、苗場から一気に北上した。日本海側に面した小さな港町で、上空を無数のカモメが旋回していた。少し歩いた後に、海沿いにある今にも潰れそうなほど老朽化した宿に腰を落ち着けた。

　中年の太った女が緩慢な動きで荷物を部屋に運んだ。僕は小うるさいほうではないと思うが、ようこそお越し下さいましたの一言もないのにはあきれた。腐りかかった柱と擦り切れた畳に年代物のちゃぶ台がひとつ。壁には眼鏡を掛けた三十歳ぐらいの男の絵が飾られている。むかし父親に反発して移り住んだ下宿先と雰囲気がよく似ていて、初めて来た気がしなかった。エアコンは言うまでもなく、テレビさえなかった。まあいい。「楽しくなければテレビじゃない」などと、空疎な幸福を押し付けられるぐらいなら、最初からないほうがマシだった。

　前夜と比べるのは酷だが、思っていたより意外と広い風呂からあがると、この宿に一台しかないという電話を借りた。ダイヤル式の黒電話はこの宿のあるじの部屋にあった。襖を開けると、布団のなかですやすやと眠る老人を、無数のキャンバスが取り囲んでいた。剝げかかった壁紙には温かな画風で描かれた風景画の他に、鹿の剝製と、驚くことに猟銃が飾られていた。

　僕は受話器をコードごと廊下に持ち出して、響子の家にかけた。本来なら一緒に連れてくるべきなのだが、彼女は夫の魔手が伸びるのを恐れていた。たまに旦那が彼女のアパートに押しかけてきて、電話に出ることがあると聞いていたので、呼び出し音の間も緊張が走ったが、しばらくして本人が出た。

「物凄く勘がいいの。まるで私に探知機でも付けているみたいに、どこに行っても待ち伏せしているし。もし私があなたと行ったら、柳下はどこまでも追いかけてくるわ。たとえそこが地獄でも」

受話器の向こうで響子は震えていた。夫から恐怖心を植え付けられているのだ。なんて脆い美しさだろうと僕は思う。

長年にわたって事件記者をしているとわかることがある。響子は僕に隠しだてをしていた。彼女と初めて会ったのは病院で、入院の理由を保育園で転んだためだと語っていたが、僕の推測するところでは、夫に暴力を振るわれたのが真相だろう。彼から逃れるため、僕の部屋に越すよう頻《しき》りに誘ったが、響子は首を縦に振らなかった。悲しいかな、肉の繋がりといったことも大きいのだろう。早く法が改正されて、付き纏ったり、待ち伏せするような行為を罰する法律ができればいいのだが。

万が一に備えて宿泊先の名前を知りたがっていたので、新潟県T町にある「雪国」という名の民宿だと教えた。部屋に戻りしな、愛想のかけらもない仲居に、電話があったら何時でも構わないから取り次いでくれと頼むと、彼女は黙って頷いた。

することもないので十時には布団に入った。人の心の深淵を思わせるほど暗い闇が部屋のなかを統治していた。窓の外は烈しい潮風が吹き、書き割りのような外壁を屋根ごといつ吹き飛ばすかと心配になって、なかなか寝付けなかった。

いくら何でもこの宿はなかったかもしれない。明日には出ようと思った。

夢を見た。いや、眠りの世界に何者かが勝手に忍び込んできた、というほうが正確かもしれない。深い藪が生い茂っていた。荒れ果てた緑の向こうで、ときどき光が明滅している。しばらくしてそれが灯台のものだとわかる。呼ぶ声がしたのはそこからではない。手前に古びた墓があり、苔のむした土から、手が出てきたのだ。何かを求めるような指先が虚空を泳いだかと思うと、墓の下から男が這いあがってきた。驚くのはこれからだった。男は僕に向かって語りかけてきたが、あまりの恐怖に夢のなかで意識が遠のいていった。

翌日、民宿の中庭から続く林藪を突き進むと、夢で見たのと同じ光景がそこにあった。鬱蒼と生い茂る常緑樹、丹生家先祖代々之墓という刻印に、震えが止まらなかった。

これまで数え切れぬほどの凶悪事件に立ち会ってきたので、知らず知らず記憶に刷り込まれた被害者かと思ったが、それは違うという直感があった。夢のなかで、男の砕けた頭から噴き出した脳漿が地面に広がり、僕の足までぴちゃぴちゃと濡らした。

男は僕にこう告げた。

「……俺は、この宿のあるじに殺された。俺だけじゃない。夥《おびただ》しい数の老若男女が、あの男の毒牙にかかった。中庭を掘るがいい。まるで大判小判のように、あの男が嬲り殺した亡骸が、わんさか出てくるぞ……」

男がひとこと吐くたびに、鼻が曲がりそうなほどの悪臭が嗅覚を刺激した。腐った井戸のような臭いに、僕は必死で嘔吐を堪えた。

「……警察に知らせるんだ。あの男を生かしておいてはいけない。……いいか、この宿のあるじには気をつけろ。おまえみたいな奴は特に、あの男の格好の餌食だ」

目が覚めた後も鼻腔に惨劇の臭いが残っていた。それは現実よりも生々しかった。

自分の寝汗で溺死しかけたのは、後にも先にもなかった。密室で誰かの視線を感じた。振り返った先には男の肖像画があった。全身を戦慄が駆け巡る。自分が安物のホラー小説の登場人物に思えた。夢に出てきた男とその絵の人物が瓜二つだったからだ。

「こんにちは」

いつのまにか背後には、車椅子の老人がいた。昨日電話をかけたときに見たあるじだった。とりあえず、内心の焦りを悟られまいと、高鳴る心音を整えた。

「こんなところにお墓があるんですね」

歳の頃なら古希ぐらいだろうか。短めの髪はすべて白く、人生の黄昏を感じさせた。

「はい、ここら一帯はどこも、自宅の庭に墓があります。私のところはご先祖様だけでなく、倅も眠っております」

「息子さんですか。お若くして亡くなられたのですね」

僕の頭は事件記者に切り替わった。殺人犯というものはいくら平穏を装っても、話を訊いていくと、必ずどこかに襤褸《ぼろ》が出てくるものだ。僕が怪しいと感じたら、外れることはまずない。手帳にメモするように、僕は老人に探りを入れていった。

「東京オリンピックがあった年です。大きな地震がありました。出稼ぎ先の建設現場で、足場が崩れて下敷きになったのです……。まだ若かった。お客様ぐらいの年齢でした」

温厚そうな面持ちがくしゃくしゃになる。年輪を刻んだ皺が揺れていた。

「オヤジさんは、何年ここで民宿を経営されているのですか」

「戦争が終わって、シベリアに二年抑留された後ですから、かれこれ四十年になります。御覧のおんぼろ屋敷で、ご迷惑をおかけしております」

はい、迷惑してます。強風で天井が吹き飛ばされそうなだけでなく、あなたに殺されたと訴えるお化けまで出てきて、こちらは寝不足ぎみです、とは言えなかった。

「僕の部屋に男性の絵が飾られているのですが、大変素晴らしい作品ですね。あれはどなたが描いたのですか」

「稚拙な絵をお褒め頂いて恐縮です。描いたのは私です。息子の友人がモデルになってくれました。大変世話になったのですが、残念ながら亡くなりました」

「なんでですか」

「何でも、穴ぼこに足を滑らせたという風に聞いています。息子同様、まだ若かったのですが……。惜しい青年を亡くしました」

じっと老人の目を覗き込んだが、彼の表情は微動だにしなかった。

「今はオヤジさんと女中の二人だけですか」

「ええ、あの女性はここに住み込みで働いて、三年になりますか。私はこの通り、シベリアで足が不自由になりましたから、宿の一切の雑用や、身寄りのない私の面倒を見てもらっています」

「奥様というわけではないのですか」

「いえいえ、そういう関係ではありません。妻は戦時中に亡くなりました」

そう言って自力で車椅子を動かし、私の隣に横付けすると、目を閉じて墓前に手を合わせた。その横顔には孤独な陰影が刻まれていた。この老人の言うことが本当だとしたら、あまりに寂しい晩年だと言わずにはおれない。本来ならあるじの部屋で見た猟銃についても話を訊くべきなのだが、僕はこれ以上彼にかける言葉を失っていた。

しかしこれが老人の計算通りだとしたら、なかなかのものだと思った。

老人は顔をあげて墓の前から去ろうとしたが、いったんその動きを止めた。振り向きざまに刃物でも振り下ろしてこないか、彼の車輪を転がす指先に目を走らせた。

「もしここを出るおつもりなら、早めに出られたほうがよろしいですよ」

僕は頷くでもなく、曖昧な返事をした。老人は続けた。

「じきに嵐が来る」

その声は、凜々《りり》しく、力強かった。

本当に、あの年寄りが残忍な殺人を重ねてきたというのか。

夢に出てきた男の肖像画に見つめられながら、物思いに囚われていた。警察に通報するべきか。だが何と説明したらいいのだ。夢でお告げがありましたなどと言った日には、狂人扱いされて終わりだろう。スコップで墓の周りを掘り起こしてみようか。昨夜はここを出ようと考えていたのに、結局は引き摺られるようにして宿を引き払えずにいた。

余白にも似た老人の薄い頬が、いつまでも頭から離れなかった。

侘しい夕餉を終えて横たわっていると、襖の向こうから声があった。返事をしようか迷っていると、金銀泥《きんぎんでい》に彩られた地紋がすっと横に引かれた。

若い女性だった。ちょうど僕の視線からだと、浴衣の裾から覗いた細い足首が最初に目に飛び込んできた。どことなく男好きのする小顔で、湯上がりの髪を後ろに纏めていた。

「お忙しい……ですか？」

こちらは仰向けになって考えごとをしていただけだ。僕は、そんな風に見えますか、と答えた。

「あの、私、きょうここに泊まった者なんですけど、部屋にテレビもなくて、さっきから風が強くて部屋がギシギシいって怖くなってきちゃって……。こちらの民宿で用意してもらったんですけど、よろしかったら、ご一緒にいかがですか」

彼女の手にはお盆に載った徳利と簡単なつまみがあった。

女はみゆきと名乗った。どこから来たのか訊かれたので東京からだと答えると、自分もそうだと声を弾ませた。惚れ惚れとする呑みっぷりの良さで、盃を口唇に運ぶたび、もともと下がりぎみの目がトロリと沈んでいった。みゆきは鬱積したものを溜め込んでいたようで、僕はもっぱら聞き役に徹した。

「どうして女がひとりでこんなところに泊まっているのだろうとお思いでしょう。男と別れたばかりなんです。いいえ、棄てられたと言ったほうが正しいかもしれません。何もかも嫌になって、この海辺にたどり着きました。見たことも、聞いたこともない土地に来たかった。私のことを誰も知らない場所に」

問わず語りが旅愁を慰めていく。すっかり上気した色白の頬を僕の肩に寄せると、浴衣の胸元から薄紅色の乳輪が見えた。僕たちは自然な成り行きで口唇を重ねた。みゆきが自分から腰紐《こしひも》を解くと、しなやかな肢体とは不釣り合いなほど豊艶な胸乳が現われた。

「矢島さん？　今すぐそこから逃げて……！　柳下がそっちに向かっているわ」

仲居がドンドンと襖を乱暴に叩いての呼び出しに、僕はみゆきが止めるのも聞かず受話器を取りに走った。部屋にあるじはいなかった。

「あの人にいくら電話をしても出ないの。勘の鋭い男だから矢島さんのことを嗅ぎつけたんだと思う。あの男ならやりかねない。旅先で見知った人がいないのをいいことに、あなたを殺す気だわ……！」

響子の声は上擦り、暴走する感情を止められない様子だった。僕の居場所などわからないだろうと言うと、私が書き留めた民宿の住所を見た恐れがあると言う。

「だけど、わざわざここまで来るだろうか。僕は会ったこともないし、話も君からしか聞いたことがないからわからないけど。どれだけ僕を憎んでいるか知らないが、いくら何でもそこまでするだろうか」

受話器越しに響子は口籠もっていた。彼女の憂いのある美しさを際立たせる闇の正体が明らかになろうとしていた。いつの間にか涙声の響子に僕は、全部言ってほしいと囁いていた。

「あなたと病院で初めて会ったとき、私は保育園で転んだと話した。ごめんなさい、本当は違う。子供を流産したの。柳下が私の腹を蹴って、階段から突き落としたの」

ゴゴゴと強い風が吹き荒ぶ。どこかで落雷の音がする。嵐はすぐそばまで来ていた。

風呂場で頭から熱いシャワーを浴びた。響子の突然の告白に、頭のなかのパニックは収まらないままだった。

「こうしたことは初めてじゃない。何度も堕ろしてるの」

別居した後も夫と関係が続き、日常的に暴力を振るわれていたことは予想していたが、改めて男と女の断ち難い契りを思わずにはいられなかった。

磨り硝子の扉が開く。みゆきだった。立ちのぼる湯気の向こうに、一糸纏わぬ姿で立っていた。モデルのように背が高く、無駄な脂肪が見当たらない。くびれた腰回りと縦に細く切れた臍の下には、その奥にあるものが透けて見えそうなほど薄い陰毛が生えていた。

「ここにいたの、いくじなしさん」

ずいぶんだなと思ったが、確かにいいタイミングで電話が掛かってきたことに胸を撫で下ろしたのは事実だった。僕の背中の女郎蜘蛛に驚かないのは、見るのがこれで二度目だからだろう。部屋の続きをここで再開するつもりかと考えていたら、彼女が後ろ手に隠し持っていた刃物の煌《きら》めきが、それは違うと無言で告げていた。

有無を言わせず飛び込んでくると思ったが、みゆきは回し蹴りで切り込んできた。

ただものではない動きだった。風呂場でこちらが空身なのを襲ってきたのだろうが、あいにくと僕が柔術の黒帯であることは知らないようだ。みゆきの素早い爪先を見切って、腹部にタックルした。体を密着させてじたばたと抗う手足を押さえたいのだが、相手も衣服を着ていないため捕まえにくい。とりあえず顔面に拳を数発叩きこんだ。鼻骨が折れたのだろう。猛烈な勢いで鼻血を噴きだした彼女に訊ねた。

「越後湯沢の露天風呂で一度会っているだろう。なぜ執拗に付き纏うんだ」

みゆきは挑むような目で僕を睨んだ。とりあえず奪った刃物を浴槽に放り投げた。

「チクショー。いつから気づいてた」

「おまえが部屋に入ってきたときの、あの目の動かし方。あれは手練の強盗が監視カメラの位置を確認するのと同じ目の動作だ」

みゆきはもう一度、チクショーと短く叫んだ。

「おまえ、柳下の手先だろ。奴はどこだ」

フラッシュが光った。刹那、時間が止まった気がした。顔をあげると、俗物の見本のような人相をした男が、浴室の扉に立っていた。前に泊まったホテルですれ違うたび、僕に意味深な笑いを投げつけてきた男だった。

「ニャンニャン写真を撮って響子に突きつけてやろうと思ったのに、まったく用心深い奴だぜ。しかし、まさかな……。こいつぁ驚かされたぜ。この写真さえ撮れたら十分だ」

僕はどれだけ狼狽した表情をしていたのだろう。柳下は好機とばかりに畳みかけてきた。

「響子にバラされてもいいのか。フィルムが欲しかったらそいつを放せ。それから考えてやってもいいぜ」

約束を守る男には思えなかった。にもかかわらず組み伏せたみゆきからすんなりと退いたのは、よほど取り乱していたのだろう。みゆきがすかさず僕の顔を蹴る。彼女の踵《かかと》が僕の下顎を貫いて、いささか脳みそが波打った。口のなかが切れて風呂場のタイルを血で汚す。みゆきが膝をついた僕を見下ろした。揺れる視界が捉えたものは、ナイフを手に近寄ってきた柳下だった。

「――のくせに、俺の女に手を出しやがって！」

柳下は腕を振り上げた。避けようと思えばできたかもしれない。だけど、僕はそうしようとはしなかった。それどころか、これまで予知能力のおかげでそのたび災難から逃れてきたけど、ああ、やっと自分の人生が終わってくれるのだと、他人ごとのように考えていた。

しかし、次の瞬間、僕と柳下の間を一陣の風が通り過ぎていった。視線をやると、壁には禍々しい弾痕が刻まれていた。

「それまでだ」

車椅子の老人の手には長い猟銃が握られていた。その隙に僕は柳下の股間を蹴り付け、落としたナイフを拾いざまに、みゆきの喉元に突きつけた。

「雪国」のあるじが、奥にいるお手伝いの女性に向けて、警察を呼んでくださいと叫んだ。


けたたましいサイレンとともに複数のパトカーが駆けつけた。安穏な町でよほど退屈を持て余していたのか、この悪天候だというのに、ありえない数の警官が大挙して押し寄せた。柳下とみゆきが白と黒に塗り立てられた車に押し込まれるのを見届けると、警官のひとりが、あなたも署まで御同行願いますと要請した。身分証明書を拝見と言われて、しぶしぶ免許証を差し出す。中年の警官は目を見開いて驚いてみせた。無理もないかもしれない。そこには女性の写真が貼られていたのだから。

「矢島博美……？」

その場にいた者たちが一斉に僕のほうを見た。警官が訊ねる。

「あんにゃさ、女なの？」

僕はゆっくりと首を縦に動かした。

柳下健吾《けんご》と「内縁の妻」手島美由紀《てしまみゆき》の逮捕劇が深夜ということもあって、その日は簡単な事情説明で終わり、翌日警察に出頭して詳しく経緯を話したが、僕の性別が絡んで問題は複雑なほうへ、より厄介なほうへと転がっていった。十分予測できることだったが、それは偏見と興味本位と根本的な無理解が原因だった。

「おめさん、なーしたって男の格好をしてるわけ？」

「おんなおとこをして、とと様には何て言うとるの」

「便所はどっちに入るの。びっちょろりのときはどーしょば」

やはりあのとき刺されていたほうが良かったと思うほどの恥辱に苛まれた。

耐え難きを耐え、刑事から逆に聴取したところによると、柳下と美由紀は十年前に籍を入れていたが、離婚した現在も同居しているという。柳下の家には他にも愛人が複数いて、奇妙な同棲生活を続けているという話だった。

田舎の狭い警察署だから、通路で手錠を嵌めたまま連行される柳下とすれ違った。

「おめえは本当に女という生き物がわかってねえな。俺はいつも響子に別れようって言ってるんだ。そのたびぐずぐずと俺の膝に泣き崩れやがって。いいじゃねえか刑事さん、こいつだって聞きたそうな顔をしてるぜ。今回だってそうよ。響子が白黒つけてくれって、俺におまえの居場所を教えたんだ。そうじゃなきゃ知りようがないだろう。あいつはそういう女なんだよ。ったく、おめえもいい歳をして、やっぱり女を知らねえな」

気が付いたら警官が制するのを振り切って、奴に殴りかかっていた。

僕は担当した刑事に哀願した。そんなはずはない。奴が言っていることは全部でたらめだ。東京にいる響子に照会してくれと。刑事はセブンスターの煙を燻らせながら、お気の毒にとでも言いたげな表情を見せた。どうして男という生き物はいつも、何か勿体ぶるときに、こうした人を憐れむような顔をするのだろう。

「柳下響子だけどね、さっき園内で児童への虐待現場を取り押さえられて逮捕されたよ。これまでもお昼ごはんにクレンザーを混ぜたり、親が迎えにきた子供を帰さないように部屋に閉じ込めていたようだね。本人は度重なる堕胎によって子供が産めなくなった恨みからだと、涙ながらに供述しているそうだ」

小夜嵐《さよあらし》は続いている。相変わらず安普請の壁はがたがたと部屋ごと揺らしている。

暗闇の天井が降ってきて、僕の手にはベルトが握りしめられていた。

「お客さん、よろしいですか」

襖の向こうから声があった。誰からなのか、声だけでわかった。

自力で車椅子から降りたあるじは、カビの生えた畳に腰を落ち着けて、僕の目をまっ直ぐに見据えた。まるでそれが合図であるかのように、僕は自らの半生を語り始めた。


物心がついた頃からずっと違和感を持って生きてきました。

僕は男の子と一緒になって遊びたいのに、どうして女の子たちとおままごとをしないといけないのだろう。なんで赤のランドセルを背負わなくてはいけないのか。好きなのにしなさいと言われたから青色の服を選んだのに、どうして女の子らしくないと叱られるのか。いつも言われました。女のくせに。女の子のくせに——。

初めて好きになったのも女の子でした。部屋に二人きりで本を読んでいたときのことです。目の前に彼女の顔があって、あまりにも可愛かったからキスをした。それを見たその子のお母さんがケーキと紅茶のセットをトレイごと落とした。阿修羅のような顔をしていました。いくら泣いて謝っても許してもらえなかった。どれだけ酷いことを言われたか、思い出したくない。女の子を好きになってはいけないんだって、そのとき嫌と言うほど思い知らされた僕は、その後もずっと自分を偽って生きていくことになりました。

中学は最低でした。毎日、制服のスカートを穿いて通学しなくてはいけないから。苦痛で苦痛で仕方がなかった。そして、もっと恐ろしいことが起こった。初潮がやってきたのです。これは僕のような、肉体的には女でも、男の心を持って生まれた人間にとって生き地獄なのです。自分は男なんだといくら言い聞かせても、毎月最低でも五日間は、自分は女なんだと思い知らされる。一週間前からどうにも落ち着かなくなってきて、二日目あたりになると、腹痛で身動きが取れなくなり、遂には寝込んでしまう。

思春期の女の子はこの世で最悪の生き物です。グループ内では常に嫉妬と競争が渦巻いていて、それを作り笑いで装っています。でも誰かがトイレに立つと、その間にいなくなった娘の悪口を言う。だから僕はトイレに行かなかった。おかげで膀胱炎になりました。医者には入院を勧められたけど、絶対に毎日通学すると言い張りました。親や教師は、なんて勉強熱心で真面目な子なのだろうと感心していましたが、あの人たちはこれに限らず、いつも何もわかっていなかった。僕が休んだらその間に、

「友達」は僕の悪口を言っているんです。そんなことがわかっていながら、のうのうと病院のベッドで寝ているわけにはいかなかった。

クラス中に無視されてノイローゼで休んでいた娘が復学したけど、結局また修羅場が続いて、その娘は首を吊ってしまいました。率先して苛《いじ》めていた娘がいて、その娘がいちばん葬式で泣いていた。僕は少しだけホッとしたけど、帰りにマクドナルドで彼女は煙草を吸いながら笑っていた。あたし、女優になれると思わない？って。

本当に十代の女って、最低で最悪の生き物。一匹残らずみんな死んじまえ……！でも僕には連中を非難する資格なんてない。自分も一緒になって無視していたし、同調して陰口を叩いていた。主要グループに仲間だと認めてもらうため、顔が嫌いだとか生意気だとか言って、彼女たちの歓心を買うことに心を砕いた。それに僕もわかっていました。どんなに否定しても、彼女たちと共鳴できる感性が自分にもあることを。

高校生になってレズバーの存在を知りました。そこに行けば自分と同じような人たちが大勢いるのかと思ったら、数としてはそれほどではなかった。彼女たちは女のからだと、女のこころをもっていて、女が好きなんです。でも僕は、女のからだだけど、男のこころで、女が好きなんです。これはまったく似て非なるものです。

初めての恋人ができたのもレズバーでした。だけど彼女は僕を裏切った。男ができたのです。僕のような人間にとって何が悔しいかって、自分の彼女が他の女にではなく、男に奪われてしまうことなんです。何だかんだ言っても男のほうがいいのか。ペニスがあるほうがいいのかって……。下品なことを言ってすいません。でも、男と女は、いや、男と男でも、女と女でも、そこには肉感的な悦びが付き纏うのは、人として当然のことだと思います。

スーツを着た僕を、男だと信じて疑わない娘とセックスをするときは、電気を消して上を脱がずに、こっそりディルド、つまり張り型を使うんです。困るのは最近の女の子は積極的で、自分のほうから手を伸ばしてくることです。いくら精巧にできているとはいえ、触ったら「本物」ではないとわかってしまう。それでびっくりして電気を点けたら、あるはずのものがなくて、血相を変えて服を手に持ったまま部屋から出て行ってしまうんです。

彼氏がいたこともあります。「まとも」になろうと思っていた時期もありました。目を瞑って男に身を任せれば、心も女に変われるかもしれないと思って。鳥肌が立つほど気持ち悪くなって、まったくの無駄だったけど。

大学三年生のときです、谷崎を読んで女郎蜘蛛を背中に彫ったのは。自分は男だし、主人公とは境遇も性別も違うけど、突き動かされるものがあった。自分は他人と違うのだから、普通ではない人生を送ろうって、自分自身に不退転の決意を促すためでした。……そうですね、思いこみの激しい性格であることを否定しません。タトゥーで自分の人生が変わるかもしれないって気持ちもありました。事実、ヤクザでもないのに刺青をする人たちは、僕と同じような変身願望を持つ人が多いと思います。

卒業してからは出版社に就職しました。もともと本が好きなこともありますが、あの業界はどんな変わり者もフラットに扱ってくれる、自由な気風があると聞いていたからです。面接でカミングアウトをして、周囲は僕の特殊な事情を知っていました。なのに、入社した今の会社でも白眼視されたんです。社会人になったら大丈夫だと思っていたのに、わざわざ僕を見によその部署から人が来るんです。動物園のパンダみたいに。やっと仕事が回ってきたと思ったら、自分と同じような感性を持った人たちの企画を押し付けられた。

「アメリカではきみのような人を、Gender Identity Disorder、性同一性障害って呼ぶんだって。この本ならきみに打って付けだろ」

あのときの部長の顔が忘れられない。感謝しろよ。面倒臭いおまえのためにお似合いの仕事を宛てがってやったぞって顔に書いてあった。こう言ってやりたかったですよ。いつ僕がそんな仕事をくれって頼んだ？　他人と違う自分の人権を認めろと声高に主張した？　自分と似た人たちの立場を代表したいなんて思わない。こっちは世間一般にいる、普通の男として扱われたいだけなんだって。

入社して三ヶ月で異動を希望しました。週刊誌の記者です。休日もプライベートもない、誰もが敬遠する仕事をね。だけどデスクワークのときほど人間関係を気にすることはないし、自分の裁量で動けるのが性に合っていました。

僕は記者になるまで知りませんでした。この世のなかには、平和なこの町からは想像もつかないほど凶悪で、人間が根底から信じられなくなるような事件が溢れていることを。痴情の縺れから殺害したなどというのは微笑ましいほうです。愛が憎しみへと転じただけですから。愛した分だけ憎くなった相手の命を奪ったのだから。むしろこの世にまだ人間らしい感情があったことに喝采を送りたくなる。でも、僕が目の当たりにした数々の惨劇には、人間とは思えない、暗い怨念と血塗られた憎悪しかない。

小学生のときに苛められたことを根に持ち続け、大人に成長してから自分を苛めた相手の子供を誘拐した男がいます。男は連日、子供の髪や爪、ときには削り取った皮膚の断面や、縦に裂いた耳を親元に送り付け、自首する前日にはとうとう切断した頭部を送り付けたのです。それも直接、宅配業者を装い手渡しで。

押収された日記にはこう綴られていました。ひと刺しするたびに自分を無視したクラスの奴らの顔が目に浮かんだと。そこには死ねと何万字にもわたって書かれていました。しかし逮捕後、驚愕《きょうがく》すべき事実が明らかになりました。誘拐して殺した子供の親は、男と別のクラス、つまり苛めたことなどなかったのです。間違った？　いいえ、違います。

男は、自分を直接苛めた相手が、大人になってからも怖くて、仕返しされるのではないかという不安から、卒業アルバムをめくって適当に選んだ同級生の子供を惨殺したのです……！

他にもあります。

十代による未成年グループの犯行です。無免許運転の少年が夜道を歩いている女性を、道がわからないので教えてほしいと助手席に乗せました。睡眠薬を入れた缶コーヒーを飲ませて輪姦し、ビデオに撮って脅迫するという卑劣の極みとも言うべき悪行です。誰にも言えない女性は風俗店で働いて金銭を上納する。しかし少年たちは裏ビデオ屋に流して二重取りしていた。女性の何人かは自殺しています。逮捕された少年のひとりは取り調べで、「自殺は俺のせいじゃない。あいつらが勝手にやったことだ」

と言ったそうです。

連中は全員微罪で済みました。人権グループによる抗議と少年法に阻まれたのです。

裁判所で、結婚を控えていたひとり娘の遺影を胸に抱いた母親が泣きながら叫びました。

「私は自分の娘を、おまえらに殺されるために育ててきたんじゃない」

少年は母親に向かって、ざまあみろと返しました。

少年院で一年半の服役を終えた当時十五歳の少年は、再び世に放たれた次の週には強姦殺人で捕まりました。娘を殺された両親はその後心中しました。少年院に逆戻りして、やはり数年で釈放された彼に、僕は先月、突き止めたアパートでインタビューを申し込みました。万が一のことを考えて、取材には同僚の男性記者にも同行してもらいました。少年は無職で、親の仕送りでひとり暮らしをしていました。

結果から言えば、まともな会話にはなりませんでした。

「反省しているかって？　だってオレ出所したんだからもう無罪だろ。墓参り？　あのさ、霊なんかこの世にいるわけねえじゃん。アタマだいじょぶかよ。遺族に対して？　そうだなー、ま、お気の毒サマ」

約束していた取材協力費の五万円を支払って、その場を去りました。

死刑は野蛮な行為だと反対するおめでたい人たちに見せてやりたい。生きている価値などない、あの男の薄ら笑いを。そして、永遠に消えることのない悲しみに苦しみ続ける遺族の憔悴しきった顔を。問い詰めてやりたい。「あの困憊した人々に向けて、罪を憎んで人を憎まずと言えるか」と。「あなたはあなたの愛する者を殺されても、それでも死刑にしろと、この手で殺してやりたいと叫ばないのか」と。

この世界が信じられない。それまで心のどこかで性善説を信じていた自分が情けないし、悲しくてやりきれない。あたかもこの世界が光に包まれた楽園のようにはしゃぎまわり、能天気であるほど幸せになれると喧伝し、人生楽しんだもん勝ちだと浮かれる奴らが憎い。そんなものはまやかしだ。この世界の闇から目を背けるな。今この国は、この時代は、せっかく生まれてきたのに、どこか祝福されない時代なんだ。

だけどもっと信じられないのは自分だ。なんで僕が事件記者という仕事に就《つ》いたのか、本当のことを言ってもいいですか。それは、自分より不幸な人間を探すためです。やりきれないとか、許せないとか、いくら憤怒《ふんぬ》しても、心の奥底ではこう思っていたはず。

——自分より不幸な人がいてよかった。

その一方でこう思う自分もいるのです。彼らはこの世の業苦が終わって幸せなのでは。だとしたら、生という地獄に留まり続ける自分のほうが不幸なのでは……。僕はこれまで自分のことを、不幸だ、不幸だと思って生きてきました。どうしてこんなに生きにくいのだろう。どうして生まれたときから、こんなに理不尽な重荷を背負わされたのだろう。神様はどうして僕を女の身体に押し込んでこの世に送り込んでしまったのか。なんで間違えたことを謝ってくれないのだろうかと。全部、すべて、何もかも、僕がこんなに歪んでしまったのは、この性を与えられた運命のせいなんだ。

僕は吐くように喋《しゃべ》り続けた。生まれてからずっと堰《せ》き止められていたダムが崩壊するような感じだった。いまここですべてを出し尽くさなければ死ぬより辛いと思った。

他の記者はたいてい数年で別の部署への異動を申し入れます。日本中だけでなく海外まで飛び回りながら、狂気と破滅に満ちた事件ばかり追っていると、精神的におかしくなってしまうのです。

でも僕はこの仕事を続けた。こんな履き違えた人生でもまだマシだと思いたい一心で。そして、やっとこの人だと思う女性に出会えた。長年事件記者を担当して、人間を見る目が培われた自分が閃いたのだから間違いないと思っていた。東京から遠く離れて、愛する人と新しい人生を送ろうと考えていました。彼女はどこまでも付き纏ってくる夫を、「地獄まで追いかけてくる」と喩えていたけれど、それは彼女が心のどこかで望んだ果てだった。なんてことだろう。やっと探し当てたと思った人でさえ、どす黒い闇の住人だったなんて。いったい僕はどうすればいいのでしょうか。この世界は自分が考えていたよりも、もっともっと醜悪な世界だったなんて。

「だから、いっそのこと死んでしまおうと考えていたのですね」

僕は沈黙を以って答えを示した。あるじは続けた。

「うちの中庭で初めてお会いしたときから、あなたが心に闇を抱えていることはわかっていました。むかしからそうなのです。こんな掘っ立て小屋に泊まるような酔狂な方は、どこかしら変わった人たちばかりで……失礼」

僕は涙を拭う。綱渡りのスマイルを見せる。

彼女ばかりを責めることはできません。僕だって本当の自分を伝えられずにいた。

やっと巡り合えたと思った人に、真実を言えない絶望。この旅に彼女を同行させなかった一番の理由はそれです。先に自分だけ行って物件を探しておくと言ったものの、本当は怖かったんです。男じゃないとわかったら逃げてしまうのではないかと。彼女には夫がいました。昨日僕を殺そうとした男です。離婚してもあの男と関係が続いていました。僕にもペニスがあったら、あの男との肉の呪縛を解いたのに。多くの男がそうするように、自らの凶器を使って、それを暴力だとも知らずに、知る必要もないままに、彼女を捩じ伏せることができたのに。

昨日も思いました。いや、生まれてきてからずっと思っています。何でこんなに苦しまなければいけないのだろう。僕は性倒錯者なのか。人格破綻者なのか。でも僕が何をしたというのか。長年学校長を務めていた父親にもずっと、おまえは異常者だ。こんな子供を持って情けないと、ことあるごとに叱責を受けました。その父親はゲイだったことを隠し通して一生を終えた。辛い人生だったでしょう。だけどその息子は、もっと過酷な人生を歩まされている……！

僕はこの世のすべての人たちが羨ましい。

職業柄、様々な人たちと会ってきた。幼い日に戦争で妹を亡くした作家、公衆便所で産み落とした赤子を踏み殺してトイレに流した女子中学生、資産家の女を見つけると男に性転換し、さらに大富豪の男を見つけると女に戻るといった手術を繰り返して金持ちになったものの副作用で死んだフランス人、新婚旅行先のロスで多額の保険金をかけた妻を殺害しようとした生来の詐欺師……。客観的に見れば、連中より僕のほうが幸せかもしれない。だけどそんなことはない。僕のほうがずっと救いがなくて、惨めで、絶望的なまでに孤独だ。なぜなら彼らは自分が自分であることに、疑いを持ったことなどないだろうから。

僕はこれからもずっと、それこそ死ぬまで、自分が自分であることの苦しみから逃れられないのでしょうか。

目の前の老人は僕の身の上話を聞き終えると、静かに両の瞼を閉じた。窓から差し込む月夜に照らされて、哲学者然とした風貌は深い陰影に彩られている。息が詰まるような沈黙と、瞬きが幾度か繰り返された後、まるで一級品の性格俳優のような声色で語り始めた。

「あなたが悪いのではない」

他の者が口にしたら鼻白む思いがしただろう。しかし、なぜだかわからないけれど、眼の前のこの人だと、同じ言葉でも素直に受け止めることができた。僕のなかで巨大な氷塊がゆっくりと解けていく。

「私が止めなかったらあんたは死んでいた。だからといって恩に着せるのはお門違いだ。なぜならあなたは、死にたいときに死ぬという権利を奪われたのだから。

私は生きることが尊いとは思わない。人命は地球より重いと、胸を張る人たちにはわからないだろう。血で血を洗う戦争を経験した私にはそんなお題目など、現代という束の間の平和でしか通用しないことを知っている。そもそも人の命なんてものは、ちょっとむかしなら二束三文だった。だから、そこまで辛いなら、無理をして生きる必要などないと思います。

今となっては馬齢《ばれい》を重ねたただの老いぼれだが、私も死ぬことばかり考えていました。それこそ、全身全霊を傾けて、寝食を忘れて。だけどそのうちわかったのです。よく死ぬとはよく生きることであり、生きるとは何かと問われたら、死ぬことを考えることなのだと。

私もあなたと同じように自分の人生を恨んでいた時期があった。とても長い長い歳月でした。私はさっき言いましたね。生きることが尊いとは思わないと。しかし、それでも生まれたからには生きてやろうと思ってここまで来ました」

あるじは僕の目を見据えて言う。

「真剣に生きているあなただから言おう。真剣に生きなさい、これからも」

いつの日か、僕はこの日に会ったことがあると思った。そうだ、ある小さな教会の神父がこんな眼差しを湛えていた。近隣住民の信頼も篤く、親や教師が匙を投げた不良たちを預かっては次々と更生させていた。あとで調べて驚いた。神父は昔、連続殺人犯だった。しかし彼の身体全体からは修羅場を潜り抜けた者のみが持つ慈愛が溢れていた。不意に突き上げてくる感情に、自分でも思いがけない言葉が飛び出してしまう。

「僕をここに置いて頂けませんか」

あるじはすでに手伝いがひとりいるからと、給料を払えないことを理由に断わったが、金は要りませんと手をついてお願いした。すると彼は、はっと息を呑む事実を打ち明けた。

「手前の民宿にいる、愛想がまったくない女中がおりますでしょう。実は、彼女は男なんです。彼女は男のからだだが、女のこころで、男が好きなのです。あなたとは真逆ですな。テノールの声楽家として将来を嘱望されていたが、男に振られたショックで硫酸を喉に流し込みました。愛想がないのではなく、いまだにうまく声が出せないのです。入退院と自殺未遂を繰り返して、ここにたどり着いた。薬の量が減らなくて危険な時期もありましたが、徐々に回復へと向かっています。かすれているが短い会話はできます。風呂場で刃物を振り回す男を捕まえにくるよう、警察に通報ができるぐらいですから」

人生の哲学者がちょっと笑った。

「あなたも必要以上の闇を見てきたでしょう。しかし私もこの民宿を切り盛りしてからというもの、数多くのお客様を見てきました。私にはわかるのです。あなたはここにいる必要などないことを」

あるじはもう一度僕の目を覗き込む。僕は心の柔らかいところまで見つめられてしまう。

「お戻りなさい、東京に。もう一度、闘いなさい、自分の運命と」

人生行路とでも言うべき、このひとり旅の最後の夜に、またあの幽霊が枕もとに立った。

「うまいこと言い包《くる》められたな、あのジジイに」

皮肉と嘲笑に塗り固められた表情だった。

「あのジジイも言っていただろう。おまえのような訳ありばかりがこの宿にやってくると。それはな、この宿で殺された者たちの怨念が招き寄せているんだ。よく覚えておけ。ここを一度でも訪れた者は、ここから去った後も、我々が呪詛《じゅそ》をかけ続けていることを。おまえが街に戻った後も、おまえの行く手にはこれまで以上の受難が待ち受けていると覚悟しておけよ……」

翌日僕は玄関であるじに見送られた。あのお手伝いも一緒だった。「彼女」はあるじから僕について話を聞いているのか、ルージュの口唇をきつく結んで、こちらに手を差し出してきた。僕も強く握り返した。

あるじは、昨夜僕に生きるよう説き伏せた人とは思えぬほど、人見知りをする子供のようにモジモジとしていた。

「あの、私、猟銃を撃ったでしょう。あのとき、風呂場で。あれはですね、本当はあの男を狙ったんです。ですが歳はとりたくないものですな、あんな短い距離を外したんです」

そう言って、照れ臭そうに頭の後ろを掻いた。

僕は自分が作った運命を恨んでいながら、それでいて運命に甘えていた。

でも、もうそんな風に考える必要はないのだ。

これからも謂《いわ》れのない差別や偏見が僕の進む道を阻もうとするだろう。それでも、生きることだけはあきらめずにいたい。「民宿雪国」は、僕に生きる勇気をくれた。今となっては、初めからここに導かれていたような気がしてならない。

僕は何度も振り返って、彼らが見えなくなるまで手を振り続けた。

三、私たちが「雪国」で働いていた頃

We were Young and at the "Yukiguni"

H・Y氏（取材当時八十二歳）

へい、手前が「雪国」に奉公していたのは三十半ばの半年余りでやす。もう五十年も前の話になるんでげすねえ。長いような、あっという間のような、この頃になると遠いむかしのほうが頭にはっきりしてましてね。まったくおかしなもんでさ。

手前はもともとこういう話し方なんです。みなさん驚かれるんですが、あれは無理して喋っていたんです。あの頃は無理して自分を立派に見せようと喋っていやした。あっしは生まれこそ尾張ですが、数えで十六んときに日本橋の問屋に丁稚《でっち》に出てやしたから、こうした喋りのほうが性に合うんでさ。

戦中から軍に出入りしてヤミ物資でずいぶんと稼がしてもらいやしたが、レコでしくじりやしてね。パンパンだと思って遊んだのが初代の組長さんのレコたあ思わなかった。それでちょいと東京から離れなきゃいけなくなって、懇意にさせて頂いてたK先生のご紹介から、「雪国」に草鞋を脱ぎやした。

旦那さんとは歳も近かったせいか、ふたりきりになると「兄さん」と慕わせて頂きやした。この歳になってまた丁稚からやり直しかと本来なら腐るところですが、旦那の人柄もあってさしたる苦もなくやっていけたんでやんす。

旦那さんですか。温厚な方でしたね。ときどき姿が見えねえなと思うと、たいていは裏庭のお墓に黙っていつまでも手を合わせておいででした。あっしがお世話になっていたのはちょうど夏から師走まででした。大きな画用紙でも貼り付けたような真っ青な空の下で旦那さんが、ほれ、あの人二枚目だったでしょう。その人がね、背筋をまっつぐ伸ばしてじっと手を合わせて拝んでいる姿はね、あっしみたいな学のない人間にも何だか一枚の絵のように見えたもんです。ええ、あの方は仏様みたいな人でしたからねえ。

旦那さんにはお客さんに対する接し方というものを教わりやした。いいや、口うるさいなんてことはなかったな。「ヒデ、ヒデ」と、手前は可愛がられたほうですし。結構な方たちが出入りしてやしてね。新幹線もない時代だし、新潟まで足がいいとは言えねんだけど、東京や大阪からもずいぶんとお客がいらっしゃいましたよ。旦那さんは陸軍じゃエラい人だったでしょう。元将校で今は地方の議員先生になってるなんて方もいらして。何にせよ旦那の顔の広さ、人徳のなせる業でしょうなあ。

当時はあそこらへんとしては新築で木造の三階建てなんて目新しかったですし、風呂場もタイルだったでしょう。今でこそそりゃ珍しくねえが、あの頃はまだ板張りがほとんどだったんだ。だからあっしも東京に戻ってホテルを持てるような身分になったら、風呂の足場は白い陶器でできたタイルにしようって決めてたんでさ。

まあとにかくお客は引っ切り無しだった。なかには変わったお客さんもいらっしゃいましたよ。今でも忘れ難いのがチラホラといる。

歳の頃なら四十。当時のあっしより年上なんだけど、何て言うのかねえ。うまく言えねえんだが、これが艶っぽいんだ。男好きするってのかねえ。美人なのは間違いねえところなんだけど、どうも訳ありな空気が出ている。目もとなんか涼しげでね、唇は杏みてえでよ。和服を着て、髪は後ろに簪《かんざし》一本でキュっと纏めてて。女ひとりで泊まりに来たんでさ。

泊まったその夜に番頭のあっしを呼んで、ちょいと頼みがあるなんて言うんで何かと思えば、風呂あがりにちょっと按摩してくれなんてね。湯上がりに浴衣一枚で、それで揉んでったらあんた、下に何にも着けてねえんだ。

「お加代と申します。長いこと東京にいたのですが、急に離れたくなりましてね。そういう心になるときってありますでしょう？　だけど、夜はどうも肌淋しくて……」

そこまで言われたらこちとら野暮天じゃねえから、ハイどうもいただきますってなもんよ。しかし驚いたね。上に乗っかったら首を絞めてきたんだ。こいつあ魂消《たまげ》たね。

「何しやがんでえこの頓痴気め！」

あっしはバーンって卓袱台でもひっくり返すように女をどかしたんだ。今度は女が魂消てたよ。前の男がそういう趣味だったたってんで、ついやっちまったって言うんだ。マ、道理がわかったんで、あっしもそこはそこ、納得してね、続きに取り掛かったってわけよ。

それからは旦那の目を盗んで、のべつまくなしよ。めっぽう情熱的な女でね。あっしがもう勘弁、もう立たないって言ってるそばからまた求めてくるんだ。おかげでこっちは痩せこける気がしたね。まったく炎みてえな女たあ、あいつのことよ。

「おまえと一緒になれば、俺はきっと骸骨になる」

男にそう言われたことがあるってよ。そりゃそうだそりゃそうだ。

「で、そいつはホントに骸骨になったのかい？」

胸の前にこう両手を垂らして訊いたのよ。御馳走になった後に閨《ねや》で叩いたほんの冗談でさ。でもお加代は微笑んだんだ。

「私が殺したんですよ」

なんだかわかんねえけどゾクゾクっとしたね。

あんときのお加代の笑顔だけは、五十年経った今もたまに夢に出てくんだ。

おかしな話でね、お加代は三日ぐらい泊まったんだけど、あっしが旦那に用事を言いつけられて帰ったら、もう宿には姿がなかったんだ。さっき出て行ったよって旦那は部屋に箒《ほうき》をかけながら言うんだけど、お加代は一言も言い残していかなかったからさ。

驚いたのはこれからよ。しばらくして新聞を見たらあなた、「阿部定いずこへ」って見出しの記事が出てるんだ。お若いけど知ってますか。そうよ、戦前に情夫のナニを切り取ってフンドシに包んで逃げた女だよ。確か五年ぐらい刑務所に入ってたはずなんだ。釈放されていたのは聞いてたけど、その新聞記事に写真入りで載ってた女がお加代だとわかったときはそりゃもう……。お加代って名前はその、ナニを切り取られた男の割烹料理屋で働いていたときの名前だってね。いや、しかし、まさか自分の働いている旅館に来るなんてさ。ひょっとしたらあっしもナニをナニされてたかも知れないね。あぶないところだったたよ。くわばらくわばら。

美人といえばもう一人忘れられないよ。あれは、夏のベラボーに暑い日だった。九人の団体さんが泊まっていったんだ。なんでも「桜隊」とかいう移動劇団の人たちとかで、全国を巡演しているっていう話だった。長岡で旅芝居をしてから「雪国」においでになったんだ。美男美女ばかりでね。そのなかでもあの人の美しさは、ひと際目を引いてた。お加代が毒芹《どくぜり》だとしたら、あの人は優雅で清楚な霞草。園《その》井《い》恵子《けいこ》という名前の女優さんでした。

あっしはその後何人かの女優と浮き名を流すようになるが、いやいや、比べようもないね。月とすっぽん。品が違うよ、品が。あんな阿婆擦れどもとは。だってあなた、園井さんは『無《む》法松《ほうまつ》の一生』であの阪妻《ばんつま》が密かに恋い焦がれる未亡人を演じていたんだからね。大映や東映から話があったのに、それが何を好き好んで、こう言っちゃあアレだが貧乏一座に身を投じてさ。本当に芝居が好きだったんだね。生真面目な心がけが綺麗な顔に出ていたよ。あっしも恥ずかしい話、ぼーっと見惚れちまったもんねえ。……いやいや、いくら何でもそりゃ無理ってもんだよ。部屋のなかには他にも役者さんがいたしね。疲れても他に按摩する人がいたでしょう。

翌朝、あっしは玄関で旦那と一緒にお見送りしやした。「次に近くまで来たときは必ず観にいきます」なんて調子のいいことを言ったら、みなさん喜んでくれましたよ。園井さんとは握手をさせてもらってね。たおやかな白い指でさ、あっしはしばらく手を洗わなかった。

そしたらさ、ずいぶん後になってから知ったんだけど、桜隊は終戦の年に、ホラあれよ、広島のピカドンでみんな死んじまってんのよ。当時は今みたいに原爆なんて言わねえ、新型爆弾って言ったんだ。気の毒にねえ、たまたま広島に寄ったところをやられたんだ。ある人は屋根まで吹き飛ばされて、またある人は黒コゲになって、園井さんも全身から血が噴き出して、苦しんで苦しんで亡くなられたのよ。なんてこったい。

よくよく思い返してみたら、桜隊があの宿に来たのは八月六日だったんだよ。

いったいあらあ、なんだったのかねえ。成仏できねえあの人たちの魂が今も日本じゅうを回っているのかねえ。でもね、宿で見たあの人たちは、とてもいい笑顔をしてましたよ。日々の舞台に一心に打ち込んで、とても充実したお顔だった。ああいう人たちはお金じゃないんだろうね。そうそう、あとで旦那さんに、お札をよく見たら葉っぱだったんじゃないですかって訊ねたんだ。旦那はなにも言わなかったな。そうだね、あなたの言う通りだ。確かにそう言われればおかしなことが多かったよ。うん、あの民宿は。

旦那はさっきまで自分の部屋にいると思ったら裏庭にいたりね。あれ、どこかに出られたかなと思うと、宿のどこからかひょいと姿を現わしたりね。まるで忍者みてえだった。

え、車椅子？　誰が？　え、旦那さん？　いや、あっしがお仕えしていた頃は普通に歩いてやしたよ。それは何かの間違いじゃないですかね。

他にもおかしなこと？　何の話ですか。……はは あん⁉　冗談言っちゃいけねえ。あんなカタブツな旦那に限ってあるわけがねえや。そりゃ奥さんはずいぶん前に亡くしていたけどよ。あそこに転がりこんできた身寄りのねえ娘っ子も、あの方は何一つ訊かずあそこで引き受けていらしたんだ。石部金吉じゃァねえよ。あんな人格者はあっしの人生においても他にいないよ。人情味のある、粋な人だった。

お金のなさそうな人が「実はこれしかなくて……」ってなけなしの小銭を差し出しても、頑として受け取らなかった。施しはしても自分は受けない。だけど、それで出稼ぎの息子さんを亡くしちまうんだ。あっしがいた頃はまだこれぐらいでね、よく遊んであげましたよ。それが地震で押し潰されちまったって聞いて……。旦那の心を想ったら、あっしは葬儀で顔を合わせるのが辛くて、香典だけ奮発してお送りしやしたよ。

あっしみてえな欲深い奴ばかりが大きな面をして歩いて、旦那みてえな清廉潔白な人ばかりが苦労するように出来ているんだ、この世の中は。

そうだよ、思い出した。「裸の大将」が来たときも、一円も、もらってねえんだ。

これも夏の日だったな。ふらっと現われたんだ。長岡まで花火を見にきたと言ってね。昨日から何も食べてないって、下向いて泣きそうな顔をしてるんだ。その頃はまだ有名じゃねえしさ、あっしは水でも撒いて帰そうと思ったんだけど、また旦那がさ、むすびでも握ってあげなさいって言うからよ。よっぽどひもじかったんだね。大きいのを三つ、美味そうに頬張ってたな。それからは餌付けしちゃった犬っころみてえに、飯の時間ってえと、宿に来て御馳走になってたよ。ラーメンなんか、あの頃は中華そばって呼んでたけど、作ってやるとおかわりまでしてね。野宿をしてるって聞いたら、旦那がウチに居候しなさいってそのまま転がり込んじまった。

まあ憎めねえ男でさ。雁之助がドラマで演じていたでしょう。今は違うんですか。そうか、黄門様も替わりますしね。あのまんまですよ。坊主頭にランニング、短パンとちびた下駄。リュックは背負ってないね。絵筆や画材道具の類いもない。まるっきりの手ぶらでした。あの当時はまだどこも物資がなくて食うものにも困っていたはずなんだが、全国を放浪して野垂れ死にしねえなんざ、たいした才覚だよ。あいつがこんなことを言ったのを覚えてるよ。

「だ、旦那さんは兵隊で言うと、た、大将なんだな。ヒ、ヒデさんは、兵長さんだな」

大将はおまえだろ！　まったく、一日三食用意したのは誰だって言ってやったよ。

ひと月はいたんだから、一枚ぐらい絵を描かせてもよかったのにねえ。旦那はお人好しですよ。本当に欲のない人だった。今じゃあの大将の絵も結構な値打ちがあるんでしょう。金持ちになれたかもしれないけど、せっかくの人の好意を金に換えるような人じゃないしネ。

マ、こんな話はあまりお役に立たないでしょう。

あっしはその後東京に戻りやした。嬶ァ《かか》を連れてね。「雪国」で働いてた女と所帯を持ったんです。腹ぼてになっちまったのが年貢の納めどきだ。ふへへへっ。仲人はもちろん旦那さんです、あい。泊まり客として訪れていた財界のEさんの知遇を得ましてね。後ろ盾になって頂いたんです。あとは向かうところ敵なし、飛ぶ鳥を落とす勢いですよ。あっしは買収王と呼ばれるまでになった。

昭和五十年ぐらいかな、あのホテルを買い取ったのは。

「ぜひ一度いらして下さい。手前が立派になった姿をご覧になって下さい」って、旦那さんに何度もお電話を差し上げやした。ホテルを背景にして従業員をズラッと並ばせて、蝶ネクタイを付けた写真を送ったりしてね。本当言うと旦那にはあの宿を引き払って、うちのホテルに住んで頂きたかった。

実はあのホテルの名前は旦那さんから付けたんです。あっしが買い取ったときに、あっしの名前に変更する案もあったんですが、旦那の苗字は丹生《にう》じゃねえですか。だからあのままにしておいたのです。それに泥を塗る形になっちまって、腹ァ切ってお詫びしようか、真剣に考えたもんでげす。

だけど、あんな大事故になりやしたが、ひとつだけ奇跡があった。

あの火事があった日、旦那さんが来て泊まっているはずだったんだ。それが風邪をひいたかなんかで来られなくなった。お客さんのほかに恩人まで亡くしていたら、あっしは腹がいくつあっても足りないところだった。きっと旦那さんが毎日お祈りしているお墓のなかの方たちが助けて下さったんだと思いますよ。

外国人の宿泊客の寝たばこが原因だったようです。あの当時だからマルボロかキャメルの煙でも燻らせていたんでしょうね。亡くなられた方たちには言い訳にもならねえんですが、なんでスプリンクラーを付けなかったのか、あっしにもわからねえんです。

「あの日々が何だったか」ですって……？　そうですねぇ、雪、ですかね。夏の思い出ばかり語ってきやしたが、ふと思い出すのは雪のことなんでげすよ。師走に入る前からね、東京では想像もつかないほどの雪が降るんだよ。なにしろあなた、雪下ろしをやらねえと一晩であの民宿がすっぽり覆われちまうぐらいだからね。たぶん「雪国」なんて名前を付けたのもそこからでしょう。川端康成？　そうね。オヤジさんは読書家だったしね。見渡すかぎりを銀世界に染め上げた白雪が、お日様の日差しでキラキラと照り返すあの美しさったらねえですや。なんていうんですかね、あっしは教養がないからうまいことが言えねえんですが、どうも気が違ったような心になることがありやした。雪は汚れがなくて、純潔で、崇高なんだ。でもそいつに檻みてえにして閉じ込められてるとさ、庭の裏からはずっと波の音が止まねえし、このままここで過ごしたら、どうかしちまうんじゃねえかって急に怖くなってきたんでさ。旦那さんは優しいし、居心地がいいんで本当は年を越したかったんですが、慌てて新潟を出たんでげすよ。

いまも、あっしの胸のなかには、あの雪が溶けずにそのままでさ。最後はしみったれた話になっちまった。すまないね。

普段はこんな口のきき方はしやせんや。でもついあそこで旦那さんに仕えていた頃を思い出して、なんだか懐かしくなってね。

今も旦那さんは矍鑠《かくしゃく》としていらっしゃいますか？　ああ、そうですか。あっしは保釈金を積んでいったんは外に出られたけど、今度ばかりは難しいかもしれないね。ちょいと嫌な感じがするんだ。旦那さん……いや、兄さんには、どうぞいつまでもお元気でとお伝え下さい。

さっきあっしは、「この世の中は、あっしみてえな欲深い奴ばかりが大きな面をして歩いて、旦那みてえな清廉潔白な人ばかりが苦労するように出来ているんだ」って話したけど、なんて言うのかね、それでも人生の帳尻はちゃんと合うもんだね。お天道様はちゃんと見ていらっしゃるよ。説教になっちまってすまないね。でもあなたにもいつかわかりますよ。

（取材日、一九九五年十二月十三日）

C・M氏（当時五十五歳）

拝復　K弁護士経由で先生からの御状を落掌しました。

私とあの宿屋のことを、よくぞ突き止められたと感服致しました。あの騒擾《そうじょう》があったとき、マスコミが一斉に私の出自や経歴を調べ上げていましたが、私がそのむかし、伯父の許に身を置いていたことは、どこも伝えていませんでした。

御存知のことと思いますが、私は刑務所に収監されてからというもの、裁判では一貫して心神喪失状態を主張して参りました。現在も二十四時間体制で私の監視が継続されております。食事や排泄といった行住坐臥は言うに及ばず、欠伸や放屁の回数まで調書に記録されるといった生活が彼此十五年になります。

こんな状況下において、寸楮《すんちょ》と言えど、当局が検閲しないわけはありません。ここまで論旨や要点が瞭然とした手紙を差し出したら、無罪を主張することは不可能でしょう。しかし、なぜだかわかりませんが、先生から「貴方に纏わることで他に一切の興味はないが、『民宿雪国』にいた間の話だけは伺いたい」という御状を頂いたとき、可笑しな話ですが、まるで冥界から招待状が届いたような、そんな踏ん切りがついたのです。滑稽な喩え話であることは重々承知しておるのですが。御期待に沿えるかわかりませんが、できる限り詳細にあの日々のことを振り返ってみようと思います。

私が新潟県T町にある伯父の家に寄宿していたのは、昭和五十二年の初夏から十一月までの約半年と記憶しております。前年に知人を暴行して傷害罪で罰金刑を受けた私は、いま思い返しても鬱々とした毎日を過ごしていました。なぜ世間は私を認めようとしないのか。満たされない思いを抱えながら、仕事もせず無為徒食に自分を堕していました。

そこに手を差し伸べてくれたのが伯父の丹生雄武郎でした。彼は私の母の姉の夫に当たります。直接の血縁こそありませんが、私にとっては肉親以上の存在でした。幼い頃に数えるほどしか会っていないにもかかわらず――私が隻眼というハンディキャップを負っているからでしょう――心に留めておいてくれたようです。

「鍼灸を頼む泊まり客が増えているので、こちらに来て働いてくれないか」

と、盲学校に通って鍼灸師の免許を取得していた私に声を掛けてくれたのです。

実際にはあの寂れた民宿で鍼《はり》を要望する客が多いとは思いませんが、私に気を遣わせまいと口実を拵えた伯父の優しさが今なお心に染み入ります。

伯父は立派な人でした。戦争で両脚が不自由になろうと、伴侶とひとり息子に先立たれても、恨みごとひとつ零さなかった。それだけに念じずにはいられなかったのでしょう。放っておけば寒風の下、ふたりが眠るお墓に向かって一時間も二時間も手を合わせていました。

私には伯父の孤独がわかります。それは絶対的な孤独です。

繰り返しますが、伯父は決して泣きごとの類いを口にしなかった。それがまた伯父の威厳を深めていました。一心に祈りを捧げる佇まいに、静かな感動を覚えたものです。伯父は特定の宗教に属していたわけではありませんが、信仰の重みというものを無言のうちに教えてくれました。

私は毎日、一日の終わりに、伯父に鍼灸を施しました。「少しでもいいから良くなれ、歩けるようになれ」と念じながら。それが伯父へのせめてもの御礼返しでした。

伯父はよく部屋に籠もって、一円にもならない絵を描いていました。私は芸術に明るくありませんが、伯父の絵が上手いとはお世辞にも思いませんでしたし、後に彼の作品があれほど世間に認められるようになるとは、当時は思いもしませんでした。私が働いていたときには、各々の客室に伯父の描いた絵が飾られていたのですが、現在

話をお話ししましょう。

でも同じでしょうか。

短い期間にもかかわらず、私は伯父に有形無形の影響を受けました。字数にかぎりがありますし、細かいことを挙げていくときりがないので、そのなかでも決定的な逸話をお話ししましょう。

当時の新潟は、ロッキード事件があったとはいえ、どの家の神棚にも必ずと言っていいほど田中角栄の写真が飾られていました。杖をついた老婆からまだ学校にも上がらない子供までが今太閤に手を合わせる姿は、あの時代の新潟では一般的に見られた光景でした。越後の人にとってみれば、上越新幹線や関越自動車道、柏崎原発誘致に無数のトンネル工事など、新潟に計り知れない経済効果を齎《もたら》した角栄は神と同格。いや、もしくはそれ以上の存在でした。しかし今太閤が逮捕されたとき、東京では「角栄御用」という提灯を手に携えた人々による抗議デモが連日列を成していました。同じ国において、一方は「大悪党」「日本の恥」と罵り、しかし他方では「神様、仏様」と崇めたてまつる。こうした価値観の不均衡は、私の人生において、後々まで決して小さくはない影を落としました。

あるときのことです。「なぜ田中先生の写真を飾らないのだ」と、うだつが上がらなそうな警官が、毎日家に押し掛けては神棚を点検していました。気持ちはわからなくはないのですが、写真を飾るよう強要することが理解できません。田舎者の排他性を見た気がしました。

警官はパトロールだと称しては、勝手に風呂に入って冷蔵庫から取り出したビールを呑んだり、仲居の尻を触ったりしていました。神棚に角栄の写真を配しても時すでに遅く、「どうせ先生を信じていないのだろう」と、難癖を付けてくるのです。みすぼらしい自分と比較して、貫禄のある伯父を妬んでいたのでしょう。そうでなければ、あの執拗さは理解できません。

警官は毎晩、民宿の酒で泥酔しては、私の目の前で拳銃を弄るのです。

「畑を荒らすイノシシなら、いくら撃ち殺してもええと本庁からもお達しが出ている。おまえもイノシシと間違えられないようにしろよ」

おまえこそいまに撃ち殺されてしまえと、私は強く念じました。

警官のこうした横暴な態度は、私が生まれ育った熊本でも珍しいものではありませんでした。食堂や電車で、こちらが大人しくしていても、「せからしか！　ぬしゃおちゃかったい！」などと、よく因縁を付けられたものです。

私は生来、国家権力や体制というものに対して反抗心というか、もっと根深い嫌悪感や、憎悪といった感情を抱いていました。どこかの週刊誌が報道していた通り、私の父が警官だったという事実が大きいことは否定しません。父は戦時中、朝鮮に渡って警察署長を務めていました。この件に関しては後述しますが、私と父の折り合いは決して良いとは言い難いものでした。

話をあの頃の民宿に戻しましょう。警官による嫌がらせは、日に日にエスカレートしていきました。私の鍼目当てに、近所のお年寄りが訪れて一時は盛況だったのが、ひとり、またひとりと客足が減っていき、そのうちパタリと途絶えてしまいました。漏れ聞いた話では、「私の鍼に毒が仕込んである」という噂が流れていたのです。あの警官が何かを吹き込んだのは間違いないところでした。

折しも新潟では、若い女性が突然消息を絶つ事件が相次いでいました。迷信深い人たちの間では「神隠しではないか」と囁かれていたのです。そこにまた良からぬ風評が立ちました。なんと、伯父が女性たちを攫って、裏手にある広い庭に引き摺り込んでいるという根も葉もないデマが飛び交ったのです。

そんな流言飛語が頂点に達したある日、警官が近隣住民を煽動して「雪国」に押し掛けてきました。季節はひと足早い冬を迎えていました。人の背丈より高い積雪が取り囲むなか、私と伯父は玄関前で彼らを迎え撃ちました。

「荒れ放題のあの庭が怪しい。誘拐した女性の死体があるに違えねえだ」

「あんにゃさの鍼も全然効いてねえ。現にここの人はこの通り、車椅子じゃねえが」

「この家《うち》から化げ物が飛んでいるのを見たぞ。あそこんちの子を攫ってるに違えねえ」

連中は言いたい放題で、中には呆れ返って反論するのが馬鹿馬鹿しいものもありました。しかし伯父は一切動じません。彼が手を挙げると、一斉に罵声が止みました。

「みなさんの問いかけにひとつひとつ答えていきましょう。まず、裏庭には妻と息子の墓があるので、そこを荒らされたくはありません。甥の鍼灸の腕前は本物です。私もすっかり良くなりました。なにせ化け物に間違われるほどですから」

連中は静まり返ったかと思うと、次の瞬間には口々に嗤い出しました。

「この嘘こきが。おめえ歩かんねねっか」

「寝ぼこきめ。寝言は寝てから言え」

それから目の前で起こったことを私は死ぬまで忘れないでしょう。

伯父は、空中で浮遊したのです。私や、警官や、抗議にやってきた地元民の前で、確かに飛んだのです。坐禅を組んで両手を膝の上に置き、車椅子から遠く離れて、まるで彼の周りだけ無重力状態にでもなったかのように、伯父は羽ばたいたのです。今となってはどれぐらいの時間だったのかは思い出せないのです。五秒だったか、それとも五分だったか。瞬間芸だったような気もしますし、ひたすら飛翔していたような気もします。ショックのあまりはっきりとしないのです。ただ、幻想的でダイナミックで、度肝を抜かれたことだけは記憶しております。

目撃した誰もが言葉を失いました。心底平伏したのです。カリスマの誕生でした。もっとも当時の私はカリスマなどという言葉を知りません。しかし、存在感、オーラ、超常力といったものに圧倒されたのです。着地した伯父が「お引き取り下さい」と言うと、住民はすごすごと引き返していきました。

私が呆然としたままでいると、伯父は私に片目を閉じてみせました。

「あれはインドでヨーガと呼ばれる修行法のひとつで、長年研鑽《けんさん》を積めば、誰でもある程度はできるものなのだよ」

予想外の大逆転に浮かれるのを制するように、伯父は私を目の前に座らせました。

「Cよ、本当のことを言いなさい」

重厚な声音に射竦められました。伯父にはすべてお見通しだったのです。

ここで重大な告白をしなければなりません。

私は拉致の手伝いをしたことがあります。

私には、父が朝鮮にいたときに現地の女性との間に生まれた異母兄弟がいました。彼の存在を知ったのは高校生のときです。世間や家族に対して厳格を装う父が、あろうことか朝鮮に別の家族を作っていたという事実は、思春期の私に甚大なショックを与えました。そうした父への複雑な感情や反発の一方で、私は兄と親しくなっていきました。兄は何種類かの偽造パスポートを用いて、度々日本に来ては、持て余すほどの小遣いを私にくれました。初めて女を抱かせてくれたのも彼です。

伯父の家に寄宿していた間、その兄から「人攫いを手伝わないか。東京に帰って、鍼灸院を設立する資金を用意してやるから」と唆《そそのか》されて、下校途中の女子中学生を誘拐したことを伯父に白状しました。

なんであんなことをしたのか、私にもわかりません。まったく言い訳にはなりませんが、魔が差したとしか思えないのです（それは、その後私が教祖となって信者に命じた一連の犯罪すべてにも言えることです）。

私は伯父に、どうして私が隠し立てをしていることがわかったのか訊ねました。すると伯父は、

「おまえに何かあった日は、鍼がいつもと違っていた。大きな心の乱れや、酷く邪《よこしま》なものを感じたよ」

と、語気を荒らげるでもなく言うのでした。私は罪の大きさに今更ながら気づき、取り返しが付かない犯行を悔やみました。項垂れる私を見て、伯父は、ここから去るように告げたのです。師走を目前に控えた日のことでした。

私は東京に戻って、伯父の言っていたヨーガを本格的に習うことにしました。そしてヨーガが人々を魅了する「装置」としていかに効果的か、身をもって知りました。鍼灸院を開業して、後に改名しました。あとは世間の人々が知る通りです。

これも初めて明かしますが、私の作った教団は伯父の名前が由来となっています。丹生雄武郎《ゆうぶろう》の「雄武」の読み方を変えたのです。

私の人生は伯父の模倣でした。こんな言い方をしたら責任転嫁と捉えられがちですが、私が後に破滅へと導かれていった原点はあの民宿にあったと思っております。

長々とした文面になってしまいました。これが私の人生において、最後の愚痴となるでしょう。先生のご期待に沿う内容だったかはわかりませんが、今は心から晴れ晴れとした気分です。ようやく覚悟ができた心境です。

乱筆乱文のほど何卒ご容赦下さいませ。ご高著の上梓をお祈り申し上げます。

敬具

C・M拝

（二〇一〇年十二月三日消印）

四、借り物の人生

Imitation of Life

――丹生雄武郎正伝　矢島博美

第一章　丹生雄武郎、その波乱に満ちた人生

不遇な少年時代

まずは巷間《こうかん》知られる丹生雄武郎の生涯を追ってみる。

日本を代表する洋画家丹生雄武郎は一九一五年（大正四年）二月十日、奈良県吉野郡に職業軍人の三男坊として生を享けた（同じ年に作家の梅崎春生、映画監督の市川崑、オーソン・ウェルズ、思想家のロラン・バルト、歌手のフランク・シナトラ、エディット・ピアフらが生まれている）。折しも第一次世界大戦のさなかであり、時の首相大隈重信は同盟国であるイギリスと共に、当時ドイツ領の山東省青島を攻略した。諸外国からの強い要望により輸送船団の護衛を受け持つが深入りはせず、日本兵の被害を最小限に食い止めた。国土に戦火があがらなかったことや、海外から工業製品の注文が相次いだことで、日本は大戦景気に沸いていた。

帝国軍人になることが少年たちの将来の夢である時代に、使用人との間に生まれた雄武郎は、歳の離れた長男と次男から筆舌に尽くし難い苛めに遭った。父親の作之助《さくのすけ》は士官学校卒の軍人で、口より先に手が出る気性のため、生来喘息持ちであった雄武郎をことあるごとに打擲《ちょうちゃく》した。それ故に雄武郎は、酷く内向的な少年として成長した。容赦のない仕打ちは枚挙に遑《いとま》がないが、ここに二、三の例を挙げておく。

元号が昭和に替わった年の冬、雄武郎が数えで十二歳のときのことだ。長男の一郎司《いちろうじ》は、作之助が日頃から愛でていた茶碗を割ったのを雄武郎に押し付けた。

「剛次郎《ごうじろう》、おまえもあいつが父上の大事にしていた茶碗をこっそり弄っているのを見ただろう」

「はい、私も見ました。お父様、間違いありません」

正妻の兄弟は常日頃から、こうした阿吽《あうん》の呼吸で雄武郎を陥れた。作之助は彼に手加減なしの平手打ちを喰らわせ、庭にある掘り抜き井戸から汲《く》んだ氷の張った水を際限なく浴びせた。使用人である母親の吉子《よしこ》が土下座をして許しを乞うたが、作之助は雄武郎を庇う彼女もろとも冷水を見舞った。

幼少の砌《みぎり》より雄武郎は強健とは言い難く、本や絵を見て過ごすことのほうが性に合っていた。しかし、作之助は「芸術などというものはすべて女子供がやるもので、日本男児には相応しくない」と、趣味を目的とした読書や音楽鑑賞をきつく禁じていた。作之助の折檻には雄武郎を日本軍人に矯正する狙いがあった。

氷塊のように身体を凍てつかせた雄武郎は、肺炎を拗《こじ》らせて十日余り死線を彷徨った。山となった七日目の夜、作之助が寝所に入ってきた。行き過ぎた折檻に対する詫びの言葉など、この男に限ってあるはずがない。それは重々承知していたが、彼の言葉は想像を超えたものだった。雄武郎の耳元に顔を近づけると、血を分けた父親は恨み顔でこう呟いた。

「おまえが死んでもあの茶碗は元通りにはならぬ。おまえの命よりあの茶碗のほうがずっと値打ちがあったのだぞ」

高熱による幻覚などではない。作之助の冷酷な私語《ささめごと》は、その後も長い間、彼の耳《じ》朶《だ》に残った。

またこんなことがあった。雄武郎が往来で一郎司や剛次郎とすれ違う際会釈をしたところ、帰宅後に井戸端に呼び出された。

「友人に、彼は誰だと訊かれたではないか。俺に恥をかかせるな」

性根を叩き直してやると、稽古と称する体罰が待ち受けていた。雄武郎は竹刀を打ち込まれ、突き倒された後も、後頭部や腹部に蹴りを喰らった。

「フン、妾の子が」

剛次郎は定番の捨て台詞《ゼリフ》を残した。まるで田宮虎彦の『異母兄弟』の世界だが、丹生雄武郎に関する評伝で繰り返し語られてきた挿話である。

ふたりの兄は、先妻の死によって後添いに納まった吉子を終生「ヨシ」と呼び捨てにし、生涯ただの一度も食事を同席することは許さなかった。雄武郎と吉子の部屋は与えられず、二人は厨房《ちゅうぼう》の一角で寝起きした。

戦争で死ねなかった負い目

雄武郎が数えで十八になると、彼の気弱な性格に反して、背丈は六尺にまで伸びていた。作之助の堂々とした体軀を継いだのである。しかし、厳父の命令により、赤紙が届く前に受けた志願制の徴兵検査で「丙種《へいしゅ》（第二国民兵に編入）」の診断が下されて即日帰郷すると、家の男三人からの虐待は頂点を極めた。雄武郎は全身打撲により二ヶ月の入院生活を強いられることとなる。

「貴様は丹生家の面汚しだ。神に仕えてきた御先祖様に切腹して詫びろっ」

作之助は自らを、同じ奈良県吉野郡にある、丹生川上《にうかわかみ》神社の末裔《まつえい》だと吹聴していた。丹生川上神社と言えば、古来水神、雨乞いの神として信仰され、古くは『日本書紀』、『続日本紀』、『太平記』といった歴史上重要な文献にも度々登場してきたが、応仁の乱で灰燼《かいじん》に帰し、長らく所在地が不明となっていた。明治に入ってから、現在も存続している伝統の宮居が丹生川上の流れを汲んでいることが調査の末明らかになった。

「世が世なら儂《わし》は陸軍大佐ではなく神主だった。陛下ではなく、雷様を祀っていたかもしれんな」

作之助は酒に酔いながら豪快に笑う。雄武郎は父親のそんな言葉に、「祖父さんも親父も百姓じゃなかったか」と、内心では毒づいていた。丹生という苗字はもともと大分県に多いと聞いたことがある。もし彼らが全員、「我こそは丹生神社の正統な後継者だ」と名乗り出たら、この男のことだ。「戦争で手柄を立てた者こそ神主にふさわしい」と大威張りで主張するに違いない。

退院後、勘当された雄武郎はこれ幸いとばかり、一緒に家を出ようと吉子の説得に当たったが、彼女が首を縦に振ることはなかった。雄武郎は吉子を残して、単身母方の親戚を辿り上京という苦渋の選択をする。翌年、東京帝国大学文学部国文学科に進学した彼は、卒業後に中学校の国語教師となり、同じ学校に勤務する美術教師の野口《のぐち》春代《はるよ》と結婚。三年後に長男を授かる。身内から差別を受けて育った雄武郎は、息子に「公平」と名付けた。それは国民全体が右傾化していく時代において、画期的な名前であった。

一九四三年、太平洋戦争は深刻の度を増し、十年前に一度は不適格の判を受けた雄武郎も、著しい兵員不足のため臨時召集を受け、熱帯雨林の小島ニューギニアに派兵された。敗戦と同時にシベリアに二年間抑留され、壮絶を極める強制労働から奇跡的に生還したとき、雄武郎は三十二歳になっていた。

四八年、外地から復員したが、愛妻春代は疎開先の愛媛で亡くなっていた。

当時、不治の病と言われた結核だった。小さな骨壺に入った春代を前にして、雄武郎はあらん限りの声をあげて泣き崩れた。雄武郎の取り乱し方は常軌を逸し、春代の遺骨を食べたとまで伝えられている。

三日三晩、彼は一睡もすることなく骨壺に寄り添った。

癒えることのない悲しみに打ち拉《ひし》がれながら、母吉子を迎えに奈良の丹生家を訪れたが、やはり彼女もすでに恵みの乏しい人生の幕を閉じていた。膝を折って項垂れる雄武郎に、高齢のため国内で留守連隊長に従事していた作之助は、さらなる追い打ちをかけた。

「なぜ生きて帰ってきた。貴様のような奴が陛下のために命を捧げなかったから日本は敗れたのだ」

――「遺された者の不幸」と「戦争で死ねなかった負い目」は雄武郎に終生付き纏った。彼の作品群には、そうした底なしの絶望や死生観が色濃く反映されている（余談だが、同じ頃、一郎司と剛次郎も戦地から九死に一生を得て帰還したが、彼らは父親の叱責もなく、満悦の歓待を受けた）。

雄武郎はひと粒種の公平とともに大阪梅田に移り、生活のため闇市稼業に手を染める。当時、シベリアから生還した人々は、「アカに洗脳された」「シベリア帰り」と中傷されて、公職に就けない事情があった。愛する者を失った悲しみに、教師に復職できない腹立ちが追い打ちをかけ、雄武郎はそれまでの彼とはかけ離れた荒っぽい手段を講じた。皮肉な話だが父親譲りの魁偉《かいい》な風貌が役に立った。

雄武郎の脳裏にはまざまざと甦る――。十六年ぶりに再会して、一片の憐憫も見せなかった実父の仁王立ちを。白髪こそ増えれど依然矍鑠として、逆毛で叱り付ける容貌は銀髪鬼を思わせた。

そして雄武郎は自分の中に、あれほど嫌悪していた父親の姿を認めないわけにはいかなかった。

一年ほどできっぱりと裏稼業から足を洗うと、父子は新潟県T町に移り住み、この物語の舞台となった「民宿雪国」を開業することとなる。そこに新天地を求めた理由には諸説あるが、「雄武郎はこのときすでに絵描きを志望していて、題材として冬の海を希求していたからではないか」という説が濃厚だ。事実、彼の作品でもっとも多い風景画は、裏庭から見える海辺である。

一九六四年、民宿の経営だけでは食っていけず、当時二十三歳の公平が外へ働きに出たが、出稼ぎ先の長岡市で不慮の死を遂げる。マグニチュード七・五、震度六の新潟地震で建設現場が崩れ落ち、コンクリートの下敷きになったのだ。

丹生雄武郎の虚無的な人格は、ここに最終的な完成を見た。

この世の地獄以上の絶望に、生きる望みを絶たれた丹生は自殺未遂を引き起こす。精神病院への入退院を繰り返し、「雪国」は休業を余儀なくされる。五年後の一九六九年、病院のリハビリの一環として開かれた絵画教室で、彼は（ほぼ初めて）絵筆を執る。呑み込みの遅い丹生は、基本的な技法を牛歩のごとき粘り強さで、しかし着実に再習得していく。丹生雄武郎、五十四歳の春のことであった。

ここから世に出るまでに、さらに十八年の歳月を要することとなる。

丹生雄武郎伝説の幕開け

一九八七年二月一日、友人の美術展でたまたま長岡市を訪れていた画商清村氷《きよむらこおる》は、「民宿雪国」に宿を取った。清村と言えば、無名の陶芸家や彫刻家を世に送り出してきた慧眼の持ち主として業界ですでに名を売っていた。このときの運命的な出会いが丹生の人生を一変させる。客室に飾られていた丹生の作品――代表作のひとつである『息子、公平の友人』――を目にした清村は、そのときの印象を後にこう語っている。

「私は初めて絵を見たような気がした。そこで向かい合ったのは私の自我だった」

清村は部屋に掛かっている絵が誰によるものなのか、民宿で働く者に訊ねると、仲居は、「ああ、おやじさんですよ」と答えた。清村が民宿のあるじを捜すと、彼は裏庭で墓に手を合わせていた。興奮した清村があるじの両手を取ってあらん限りの賛辞を伝えたが、雄武郎が清村に視線を向けることはなかった。なぜなら、雄武郎は目が見えなくなっていたからだ。

その年のうちに池袋の西武美術館（現セゾン美術館）で「奇跡の画家――遅れてきた巨匠　丹生雄武郎展」が開催された。これまでマスコミが食い付いてきそうな話題の展覧会を仕掛けてきた「美術界の風雲児」こと清村氷は、従来の絵画展とは異なるアプローチを企てた。若者の情報発信源として知られた『ＰＯＰＥＹＥ』と『ぴあ』

で事前に特集を組み、『BRUTUS』誌の表紙に雄武郎の絵をブッキングした。前述した彼の波乱に満ちたライフストーリーを宣伝文句として大いに活用すると、イメージ戦略は狙い通りの効果を収めた。会場には普段、アートとはあまり縁のない若者が大挙して来場した。当時の批評をいくつか見てみよう。

「〝……それを仰ぎ見た時、いくら下から仰ぎ見ても恥ずかしくないという自覚があった。斯んなものを仰ぎ見ては、自分の人格に関わるという気はちっとも起こらなかった。自分は其後所謂大家の手になったものでこれと同じ程度の品位を有つべき筈の画題に三四度出会った。けれども自分は決してそれを仰ぎ見る気にならなかった〟。

長くなったが、これは明治四十年に青木繁の『わだつみのいろこの宮』を観た夏目漱石の感想である。それから八十年の歳月が流れた。私は何も自分が漱石ほどの才人であると自惚れるつもりは毛頭ない。しかし今、私は丹生雄武郎という不世出の天才と対峙して、あのときの漱石の気持ちが実によくわかるのだ」

（淺田湫・美術評論家、一九八七年十一月二十日付、朝日新聞夕刊）

「私が訪れたのは基督《キリスト》の誕生日前夜だったが、若いアベックが多かったのには驚いた。この老齢の新人画家の作品を鑑賞することが、連れ込み旅館までスムースに運ぶ、「装置」としての側面を持つことに驚きを禁じ得なかった。（中略）先頃、ある保険会社が円高であることを強みにしてゴッホの『ひまわり』を五十八億円で落札したが、その十分の一以下の金額で済むのなら、現代を生きるこの洋画家の美術館を作るほうが真の社会的貢献に繋がるのではないか。そういうふうに思った次第である」

（澁谷良基・東京学芸大学教授、文芸評論家、『ニューズウィーク日本版』「丹生雄武郎という現象」より。一九八七年十二月十一日号）

「WOW！ なんだこの絵は⁉ こんな色の使い方、学校でセンセイは教えてくれなかったぞ。えっ、七十二歳のオジーチャンが描いたって？ マジマジ⁉（中略）ボクたちはもう飛行機に十三時間も乗って、New York の Andy Warhol や Jean-Michel Basquiat や Keith Haring の art を観に行く必要なんかない。ボクたちには Youburo Niu がいる！」

（小西〝nobu〟信彦・サブカルチャー評論家、『宝島』「特集・ボクたち

にアートを！」一九八八年一月号）

普段は彼女とのドライブやレストランにしか関心を持たない大学生を中心とした若者から、絵画に対して一家言ある知識人や文化人といった幅広い層にまで、丹生雄武郎の絵は熱狂的とも言える喝采で迎えられた。これは日本人の画家において前例のないことであった。

翌年、当時「日本でノーベル賞にいちばん近い作家」と呼ばれたK・Aの強い要望により、それまでAが上梓していたすべての文庫の表紙が雄武郎の作品で再装丁されることになった。ほぼ同じ頃、アカデミーの作曲賞を受賞した日本人音楽家R・Sが、ニューアルバムに雄武郎の絵を起用した。文壇と音楽界の二大巨頭が自らの作品のカバーに推したことで、丹生雄武郎に対して懐疑的だった一部のインテリも、慌てて評価の保留を解除した。それはまるで終電の扉が閉まる瞬間に駆け込んだサラリーマンが何食わぬ顔で荒い息遣いを整える姿に似ていた。

以下は『文藝春秋』一九九一年三月号から、AとS二人の対談の一部を抜粋する。丹生雄武郎の絵を御存知ない方にも、彼の絵の特徴や大衆の支持を勝ち取った理由を分析した、わかりやすい対話となっているので長めに引用する。

S　僕は大学が藝大だったから、絵描き志望の友人がいっぱいいたんです。呑むとみんな、「俺は日本のゴッホになる！」「ミレーになる！」「いや、ピカソだ！」って勇ましくてね（笑い）。でもみんな三十になるかならないかのところでギブアップしてしまうんです。彼らが言うことには、『美大なんか出ても社会の受け皿がない。せいぜい看板描きか、田舎に帰って美術教師しかない。Sよ、日本はフランスと違って文化なんてないから芸術家は育たないんだよ』と。青雲の志もどこかに放り投げて、あっさりと筆を折ってしまうんです。でも今こうして丹生雄武郎の絵と出会うと、そんなことはエクスキューズに過ぎなかったんだなって強く思います。どこにいたって絵は描けるし、歳を取ってから始めても遅すぎることはない。決して妥協せずに続けていけばいつかは世に送り出されるものなのです。柄にもなく真面目なことを言ってしまった（笑い）。

A　Sさんのおっしゃることは私にも覚えがあります。私なんぞは戦前の生まれですから、どうしても時代や環境に左右されるところが大きいわけです。なかには確かに同情すべき人たちもいました。でも丹生さんの作品を見ていると、そうした過酷な運命も、すべて嚥下《えんげ》すべきなのだという強烈な意志を感じずにはいられません。

塗り重ねた淡い色使いひとつ取っても、必然というか覚悟といったものが窺えます。私は技術的なことに関しては何ひとつわかりません。しかし、我々が丹生雄武郎の絵を支持するのは、彼の絵に潜むプリミティヴというか、人間の生命力の根源にある強さといったものが、知らず知らず人間に内在するサムシングを揺さぶるからではないでしょうか。

S　あの独自の色彩感覚には目を見張るものがあります。洋画なんだけど、明らかに日本人にしか描けない心の原風景があるし、かといって童話のようなおとぎ話だけでもない。『混在する性』は御覧になられましたか？　乳房とペニスを持つ両性具有の人間が苦悩する様子を描いたあの絵を観ると、我々人類はもうこれまで通り、男と女の単純な二元論で語ることは許されないなと心底考えさせられます。あれには最新型の研ぎ澄まされた思想があります。ゴヤの『わが子を喰らうサトゥルヌス』を初めて観た当時の人々も、こんな感じだったのではないでしょうか。人間が持つ暗黒面を突きつけられたようでドキリとします。

A　身の回りの名もない人たちを描いた人物画や、墓石がある裏庭とそこから見える海岸の風景画など傑作揃いなのですが、自らが体験した太平洋戦争やシベリアを題材にした歴史画などは、「自分だけがわかればいい」と「世間の評価を得る」という相反するふたつが絶妙のディスタンスを持った作品です。私はアンチ私小説の代表のように世間では思われていますが、よく人から「なぜ中間小説のようにもっと売れるものを書かないのか」と言われます（笑い）。そんなとき、私は常に「文学は自分のために書くものだ」といった免罪符を用意してきました。しかし丹生さんの作品を観ていると、「それも言い訳に過ぎなかったのではないか」と、残り少ない自分の一生の終焉を目前にして考えさせられてしまうのです。なぜならここにこうして、「自分のために」描いて、「多くの人々と共有すること」を可能にしている人間がいるわけですからね。同じ時代に、同じ国籍を持った人間で。

S　どうもAさんも僕も、彗星の如く現われた老翁画家に、アーティストとしてのあり方さえ問われてしまったようだ（笑い）。

瞬く間に市民権を獲得した雄武郎に対して、「古希のシンデレラボーイ」と揶揄する一部のゴシップ誌もあった。しかしそれは彼が名を馳せた後も一向に姿を現わさない苛立ちから生じていた。人々が知る雄武郎といえば、展覧会の入口にプロフィールとともに添えられた一枚の顔写真だけだった。そこには車椅子に座った孤独な肖像が写っていて、人々はそこに奔放な想像力を遊ばせた。

貴重なロングインタビュー

一九九三年、『AERA』の創刊五周年記念として、丹生雄武郎の特別増刊号が発行されたとき、この「生きながらにして伝説の画家」が、遂に全容を現わすこととなった。「誌面に掲載する写真は一枚のみ。取材時間は一時間。場所は彼の自宅で。ただし、民宿を経営していることには触れず、地域が特定できる書き方はしないこと」という条件でインタビューは行われた。聞き手は当時新進気鋭の新人作家萬井《よろずい》一郎《いちろう》。慶應大学在学中に芥川賞を受賞して一躍時代の寵児となった萬井は、早くから丹生雄武郎の信者を公言していた。とはいえ、果たして彼がインタビュアーとしてベストと言えたのか、非常に疑問が残るところだ。

だがしかし、直接対面したものでなければ知り得ない雄武郎の実像や、数少ない貴重な発言録であることに変わりはないので、ほぼ全文を再録した。萬井が一方的に自分の思いをぶつけるなど、テキストそのものは酷く稚拙である。だが、その評価が現在のように不動のものとなる以前、丹生雄武郎の作品と対峙した人々がどのような反応を示したのか、当時の空気感がダイレクトに伝わってくる点は称賛していい。

私は北陸にある海沿いの大きな家で、「最後の巨人」と対面していた。

すぐそばの海が潮風を運んでくる。こちらの気持ちを見透かしたように、鷗の声が聞こえていた。あまりの緊張に、思わず口から心臓が飛び出しそうな私を嗤っているかのようだった。

テーブルを挟んで直面する相手の身体は大柄で、車椅子に座りながらでもそれがわかる。山高帽に鼻眼鏡。そして、時折黒いサングラス越しに光る鋭い眼光に――彼が盲目と知りながら――つい気持ちが射竦められてしまう。まるで自分がミラン・クンデラの小説に放り込まれたような錯覚を覚える中、インタビューはスタートした。


――お逢いすることができて光栄です。短い時間ですがよろしくお願い致します。

まず、僕が丹生先生の絵を初めて観たときのことを語ってもよろしいでしょうか。

一九八七年八月十五日のことでした。日付もはっきりと記憶しています（引用者注※奇妙なことに、その日は四半世紀を経て、丹生雄武郎の命日となる）。僕は当時の恋人に誘われて先生の個展に出掛けました。会場に一歩足を踏み入れた途端、「これは今まで自分が行ったことのある美術展とは違うぞ」と皮膚感覚で察知しました。

観客の絵を見つめる視線や姿勢が、これまで僕が経験したそれらとは明らかに異なっていたからです。「暇を持て余したオバサンたちのサロン」とは空気が程遠く、会場に詰めかけた老若男女が真剣に、それこそ食い入るように絵を見つめていました。

普段、我々の鑑賞態度というものは判で押したように決まっています。たとえば人々はゴッホの絵でもピカソの絵でも、まずそのビッグネームや金額を先に聞いてから、所謂「名作」と呼ばれるものを恭しく「拝んで」います。ところが、丹生雄武郎の絵は、一対一の個人対個人と呼べるような関係性を築いています。インテリからミーハーまで、広いレンジで先生の作品が受け入れられている理由のひとつに、人々の鑑賞に対する姿勢に変革を及ぼしたことが挙げられるのではないでしょうか。先生は御自身で、なぜここまで多くの人が丹生雄武郎の作品を支持しているのだとお思いですか。

「私は自分のために絵を描いてきました。他者ではなく自分のためにです。むしろ、人に見せたくないという思いのほうが強かったように思います。私にとって絵を描くということは、食べて、寝て、のようなものです。むしろ排泄に近いと言ってもいいかもしれません。ですから、自分の作品がたくさんの方に受け入れられていると言われても、戸惑いのほうが大きいのです」

――先生の画集はこれまで二冊発表されており、一冊目の『父親の息子』が百五十八万部、二冊目の『午後の最後の海辺』も百五十万部という、驚異的な売り上げを記録しています。このような社会現象とも言える大ヒットを先生は予想されていましたか。

「自分の大便を見たがる人が百万人もいるとは思いませんでした」

――先ほどの続きになりますが、丹生先生の絵と巡り合ってからというもの、まるで自分の人生が、「丹生雄武郎以前／以後」に分割されてしまったような、そんな気さえします。大袈裟に思われるかもしれませんが、丹生先生の絵に、とてつもない衝撃を受けたのは僕だけではないでしょう。世間はこの頃よく「感動」という言葉を好んで頻繁に使います。僕は物書きの端くれですが、読者から「感動しました」というファンレターをもらいます。嬉しいことは嬉しいのですが、どこか腑に落ちないところもあります。僕に言わせれば、感動なんてシロモノは大したことがないのです。本当に素晴らしい作品は、感動などというものを遥かに超越して、受け手の生き方や存在そのものを打ちのめしてしまうものだと思うからです。

丹生先生の展示会で多くの人々が目を潤ませているのを僕は目撃しましたが、あれは、自分という存在そのものを根底から揺さぶられ、「今後自分はどのように生きるべきか」という問いに対して答えとなるものを摑み取ったからではないかと思います。私ばかりが喋って申し訳ありません。あの、正直なところ、私のようなファンは迷惑でしょうか。

「迷惑などではありませんよ。ただ、私は自分の絵の展示会に行ったことがないので、どんな方が私の絵を愛してくださるのか知らないのです。萬井さんが（私が）初めて（会ったファン）です」

――あの、これ、会場で販売していた先生の絵がプリントされたTシャツです。はい、きょうだけでなく毎日着ています。全種類、衝動買いしてしまいました。あのー、後でサインをお願いできますか。はい、ありがとうございます！　あ、「萬井くんへ」でお願いします。あ、あの、これ以外にもTシャツを持ってきたんですけど、（サイン）いいですか、全部。

丹生雄武郎の口調は七十代後半の老人とは思えないほどしっかりとしていた。耳も遠くなかった。そして、どんなに的外れな質問に対しても、丹生雄武郎は最後まで聞き終えてから話した。これは大人物だと感じた。

――そもそもはどなたの影響から絵を志されたのでしょうか。

「私が生まれた時代は、芸術などというものは、裕福な人たちの慰みものでした。それは今も変わらないと思います。貧乏ではなかったのですが、父親が軍人だった家では、絵本一冊買い与えてはもらえませんでした。父親が『御国に尽くすのに学問など不要だ』と考えていたからです。ですから、絵については、今もたいして詳しくはありません。『この絵は色使いが綺麗だなあ』と思うことはありますが、(画家の名前を)よく知らないのです。ただ、子供の頃から、夕焼けに見入ってしまう時間が、他の子供たちよりは長かったような気がします」

――先生が世に現われたとき、一部の評論家に、「バルビゾン派にして素朴派。印象派にしてフォーヴィスム」と言わしめました。これはいい意味で捉えれば「どこにもカテゴライズできない独創性」。悪く捉えれば「これまであった芸術運動のいいとこ取り」という批判が可能だと思うのですが、それを差し引いても、先生の作品には言葉に置換不可能な神秘性があります。先生は御自身の作品について、何派の、そして誰の流れを汲んでいるとお考えですか。

「さきほども申しましたように、他の絵描きさんをよく知らないのです。こないだ、外国の百姓を描いた、美しい絵があるなあと思ったら、人からミレーという方の絵だと教えてもらいました。有名な方だそうですね」

――……次の質問にいきます。丹生先生はこれまで父親や息子さん、息子さんの友人や海辺の風景、そして、先生が戦地として赴いたニューギニアやシベリアなど、御自身の身近にあるものに材を取ってこられましたが、そこに基準といったものはあるのでしょうか。

「私は昔の人間ですから、今のように写真機が一般的ではなかった時代に生まれました。自分がいつまでも心に覚えていたい人や風景を、そのたび写真に収めることができたら良かったのですが、生憎食べていくのが精いっぱいでした。ですから、私が絵に描いてきたのは、忘れてしまいそうな人や風景を書き留めておく備忘録のようなものだと思っています。ここでひとつ付け加えておきたいのは、写真がその人物や風景の真の姿を写しているとは、必ずしも言えないということです。一見綺麗な風景も、ほんの少し影が差しただけで、がらりと印象が変わって見えます。どんなにずる賢い人も、高価な服を着ると立派な人に見えます。ですから、そういった人たちを絵に描き写すと、私なりにその人の実像と言いますか、そういったものを描けると思っています」

――立ち入ったことをお訊きしますが、奥様と息子さんのお二人が亡くなられてから、ずいぶんと時間が経ちますよね。御家族はひとりもいらっしゃらないのですか？

「妻は戦時中に、息子は（東京）オリンピックがあった年に死んでおります。私だけがひとり、残されてしまいました」

——そうした精神面での欠落感や、実生活で面倒を見てもらえる人がいないことが、視力障害に繋がったのでしょうか。一時期の最悪だった頃より視力が回復されたとお聞きしましたが、現在は絵筆を執る時間はおありですか。

「左目は完全に失明してしまいました。右目は最悪の頃よりは少し回復の兆しが見られます。この頃は両腕も不自由になってきまして、人差し指と親指に絵筆を挟んで固定してからキャンバスに向かいます。医者からは変形リューマチだと診断されました。人間、長生きするとあちこちにガタがきます。仕方がないものとあきらめる一方、やはりどうにも納得がいかない自分が一方にいて、芸術はなんというなれの果てまで私を連れてきたのだろうと思ったりするときもあります」

——先生がなれの果てだなんて……。そんな風に思わないでください。

「欲張りな爺だと思われるでしょうが、長生きしなければいいものは描けないと思っております。いつお迎えが来てもおかしくはない身ですが、せめてあと二十年は生きたいのです。そうすれば、本当の絵描きになれるのですが」

――先生は現時点でも十分に本物の絵描きです。でもできるかぎり長生きして欲しいと思います。健康のために、身体に何か気を付けていることはおありですか。

「どうでしょうか。寝て起きるだけの生活ですから。煙草はやりますが、酒も嗜《たしな》む程度です。人から見たら人生の楽しみ方を知らない、面白みのない人生でしょうな」

――先生は戦中ではニューギニアに出兵し、戦後はシベリアで抑留されました。それぞれに慰安所があったかどうかはわかりませんが、そういうところに通うということもなかったのですか。失礼な質問をして申し訳ありません。

「私はカタブツですから。上官や先輩と酒を呑んだ後に誘われたこともありましたが、気分が悪いと逃げてきました。度胸がないのでしょう」

――御家族を大事にされていたのですね。御子息の葬儀に、弔問客の誰にも会わずに画室に籠もり、そのとき描きあげたのが代表作のひとつ、『葬壇』だというエピソードは本当でしょうか？

「絵を描いているときだけ、人生という悪夢から逃れられます。いつまでも、絵を描きたいという炎が消えることはありません。あともう少しです。最後の燃焼を、形に残してから死にたいと考えています。私にもこれから先、ただ一度だけ幸福な日が来ます。それは、寝て、再び覚めぬ日です」

――先生、丹生雄武郎のファンを代表して言わせて頂きます。私たちは丹生雄武郎の絵と出会えて幸福に思っています。ですから、先生自身にも幸福になって頂きたいと強く願っております。

「……もういいですかな。きょうは疲れました」

――あと十分だけお願いできますか。『名もない女』のことです。慈愛に満ちた微笑み、しかしどこか終わりのない悲しみを湛えた表情。これまでの遠近感を放棄した作風とは一線を画す、背景の物憂げな風景と陰影の使い方。人々の心を打つシンプルな画角でありながら、スフマートや透視図法など、高度なテクニックが盛り込まれています。おそらく今後この国では、「もっとも有名な肖像画」として永遠に認知されていくことになるでしょう。ファンのみならず世界中で、『名もない女』のモデルは誰なのか、論争になっています。先生に娘さんがいらしたら、さしずめ「丹生雄武郎版麗子像」と呼ばれたのかもしれません。有力なものとしてはお母様の吉子さんか、奥様の春代さんではないか。果ては先生が女装したご自分の姿を鏡に映して、それを見ながら描いたのではないかという推論まで飛び交っています。これは、絵画界ではダ・ヴィンチの『モナ・リザ』に匹敵する謎と言えるでしょう。さて、モデルはいったいどなたなのでしょう。お答え願えますか。

「あれは私がもっとも愛する絵です。ですから、あの絵だけはどこにも売らずに手元に置いています。あれは私が初めて描いた絵なのです。あの絵が、非常に人気があることは知っています。それは、私が誰を素材にしたのか、いわゆるミステリーがあの絵に対する興味を駆り立てているのだろうと思います。ですから、それを明かしてしまったら、みなさんのあの絵に対する評価は減殺《げんさい》されるでしょう。ここは世阿弥に従って、『秘すれば花』で押し通すのが美徳だと考えます。もういいですかな」

――最後にひとつだけ。先生の作品で唯一、人間ではない生物がモデルとなっているものがあります。覚えておいでですよね。北川鰤《きたかわかます》です。あの魚を描くことになった経緯を教えて頂けますか。

「シベリアに抑留されていた二年間は、はなはだ辛苦に満ちたものでした。冬は零下四十度まで気温が下がります。朝、目が覚めると戦友が凍死していることも珍しくありません。土がカチコチに凍っていましたが、私はひとりシャベルで土を掘り返し、彼らの遺体を埋めて差しあげました。

ロシア兵が用意した粗末な食糧では栄養失調になるばかりで、ローム（鉄棒）を持ってひとり十立方メートルもの岩を削る重労働の仕事をこなさなければいけません。四人ひと組でやるのですが、私はよく倒れた戦友の分までやったものです。

そういうことが信用に繋がったのか、黒パンを切る役目を仰せつかりました。一斤を三十人ぐらいの人間で分け合うのですが、少しでも厚みが違うと殺し合いになります。手が震えそうなほど緊張しました。

北川師は、そんな生活のなかで、私の心の支えになった魚です。あちらではエソクス・ルキウスと呼ばれていました。可愛い目をしていましてね。『名もない女』のモデルになった女性に、とてもよく似ているように見えたのです。労働の合間に近くの川にいたのを見つけ、蛙を捕まえては餌として与えているうちに、見る見る大きくなっていきました。初めのうちは三十センチぐらいだったのが、人の背丈ほどになりましてね。私が姿を見せると跳び上がって見せるのです。私が川に入ることはないのですが、心を通い合わせていました。

しかし私がその魚を飼育していることを知ったロシア兵が捕まえて食べてしまったのです。北川師は日本では観賞用ですが、現地の人にはわりと御馳走のようです。私は怒り狂って連中に殴りかかりましたが、逆にやり返されて、牢屋に入れられました。一週間以上食事を与えられず、このまま死ぬのだなと思いました。多くの兵士が病気や怪我をしてもろくな治療を受けられず、使い捨てにされたまま犬死にするのを見てきたからです。

ところがあるとき、牢屋のカギが開くと、手厚い看護とご飯が与えられました。後になって知ったのですが、北川師を食べたロシア兵全員が食あたりを起こして入院しているというのです。これはあのエソクス・ルキウスの祟りだということになって、私の手当てをしようということになったそうです。すると不思議なことに、苦しんでいたロシア兵も奇跡的に回復しました。嘘のような話ですが本当です。それからというもの、ロシア兵の私を見る目が変わりました。どこか持て余している様子なのです。それ以後は労働もキツイものが回ってこなくなり、おかげで私は生き延びたようなものです。ずいぶんと歳月が流れた後に、私はあの北川師のことを思い出し、絵に残しておこうと考えました。命の恩人とも言える北川師のことを。それがあの絵なのです。今でも『彼女』のことを思い出すときがあります」

——いい話ですね。非常に心が温まります。きょうは貴重なお話をありがとうございました。次に展覧会が開かれるときは、ファンの前に元気な姿を現わすのはいかがでしょうか。「こういう人たちが自分の絵のファンなのか」と新たな発見もあると思いますし、また、私たちのほうからも先生に元気を与えられるのではないかと思うのです。どうしてこれまで人々の前にお姿を現わさなかったのですか。

「指名手配中の身なのです」

――(笑い)。先生でも冗談をおっしゃるのですね。安心しました。では、丹生先生の絵から生きる勇気をもらっている人たちに向けてメッセージで終わりましょう。

「別にありません」

――(笑い)。きょうは本当にありがとうございました。

(傍点は引用者による。傍点を振った理由は後ほど明らかにする)

高まり続ける海外の評価

時代はバブルが崩壊した直後だったが、世間はまだ危機感を抱くことはなく、目に見えない速度で緩やかに沈んでいく大型客船の上で、乗客が享楽的な宴を続けていた頃だ。絵画は投機の対象であり、丹生雄武郎の作品ももちろんその類から漏れることはなかった。水泡とともに暴落する危惧もどこ吹く風で、雄武郎作品はさらなる価格高騰を続けた。そしてその価値はさらに高まることとなる。

まずワシントンにあるフリーア美術館が、欧米の博物館で初めて丹生雄武郎の作品を買い求めた。フリーアは以前より日本のみならず中国や韓国の芸術作品を積極的に買い上げてきた実績のある美術館だ。日本人の作品だと名高いところでは俵屋宗達の『松島図屏風』に始まり、現代作家では再評価著しいイサム・ノグチのセラミック製のオブジェなど、日本人芸術家による美術品だけで一万一千点以上にも及ぶ。その美術館の常設展示場に、丹生の作品は破格とも言えるスペースを設けられた。口コミから広がり地元の有力タウン誌で取り上げられ、全国紙へと飛び火していった。丹生の独創的な色使いは海外でも称賛を以って迎えられ、新しい色——「new color」を捩《もじ》って、「niu color」と呼ばれた。画家を本職とせず、さしたる美術教育を受けなかったがゆえに独創性が編み出されたという共通点から、「アンリ・ルソーの再来か」と騒がれた。

ほどなくして、ニューヨークのメトロポリタン美術館とボストン美術館が競うように雄武郎の作品を買い漁った。二つの美術館はこれまで歌麿、広重、北斎、写楽、尾形光琳など江戸時代を代表する浮世絵、水墨画、工芸品などを蒐集してきたが、生存する画家の作品を購入したのは初めてのケースだった。

極東の島国の落魄《おちぶ》れた民宿で長い眠りを貪っていた作品群は、広く世界へと羽を広げていくことになる。前述した三つ以外に、プラハ国立美術館、アメリカのヒューストン美術館、オーストラリアのビクトリア国立美術館、スイスのリートベルク美術館、ハンガリーのホップ・フィレンツェ東洋美術館、ポーランドのクラクフ国立美術館、イタリアのキヨッソーネ東洋美術館、オーストリア応用美術博物館、カナダのロイヤル・オンタリオ博物館、スペイン国立装飾美術館と、世界十カ国の名立たる美術館が、丹生雄武郎の絵画を所蔵するまでになる（二〇一四年六月現在、所蔵順）。

しかし、なかでも特筆に値するのは、天下のルーヴル美術館が五点連作の肖像画大作『私が殺した名もなき人たち』を、八千五百万ユーロ（日本円でおよそ百十億円）で購入したことだろう。ルーヴルといえば常設の絵画部門がコレクションしているのは十三世紀から一八四八年までのヨーロッパ作品なのは周知の事実だが、日本人画家、しかも存命である——つまりまだ完全には評価が定まっていない芸術家の作品を所蔵するなど、異例中の異例であった。ルーヴル美術館館長アンリ・ロワレット氏は、急遽開いた記者会見で次のように述べた。

「我々フランス人は、丹生雄武郎の作品を、浮世絵以来のジャポニスムだと評価する」

こうした報道があるたび、「世界がニッポンを認めた」と、大衆はナショナリズムという名の自尊心を満たしたが、夢物語のような成功をよそに、丹生雄武郎の晩年はひっそりとしたままだった。日本政府は慌てて雄武郎に文化勲章を授与しようとしたが、彼はスポークスマンである画商清村氷を通して、「あの歴史的惨敗へと導いた国家から賞状を頂く謂れはない」と辞退したため、文科省は面目を潰されることとなった。

二〇〇五年、丹生雄武郎は卒寿、九十歳になった。ここに来て老年画家の創作意欲は天馬のごとく翔けのぼり、その作品の質と量は上昇の一途を辿った。これはそれまで決して多作とは言い難かった雄武郎の作品獲得に血眼になっていた美術館主たちを安堵させ、新作が発表されるたび、オークション会場は戦場さながらの激戦地帯と化した。

同年、雄武郎は最高傑作『海神《わたつみ》八景』を発表した。五〇〇号（三三三・三センチ×一九七センチ）の水墨画が八枚という大作で、これまでの画風とは一転し、横山大観を思わせる朦朧体の手法を大胆に導入した本作は、観る者に慄然すべき驚嘆と底知れぬ恐怖を与えた。一枚目の絵は安穏とした全天が写し出され、枚数を追っていくごとに天蒼穹《そうきゆう》、俄かにかき曇り、暗雲が垂れ込めてきて心をざわめかせる。画の中から生暖かい風が首筋をそっと撫でると悪い予感は的中する。風波が強くなり、絵の隅に現われた手漕ぎ船は激しい浮き沈みを繰り返す。やがて猛り狂った大海は津波を引き起こし、千波万波を思わせる巨浪が、小葉のように波間を漂っていた船を航跡から呑み込んでいく。しかし最後の八枚目の絵になると平穏な風景に戻っている。誰の目にも明らかなように、これは丹生雄武郎の人生を表わしていた。戦争という大火に抗うことさえできず、卑小な自分を頭からすっぽりと覆い尽くした後は、何事もなかったかのように長閑な空模様に戻っていく。まるで自分という存在など初めからなかったように。人々はこの絵に自らの人生を重ね合わせた。雄武郎に対して「過大評価」、「人気先行だ」と、頑なに否定してきた少数派ほど、この作品に対して惜しみない賛辞を与えた。

しかし翌月、『続・海神八景』を発表すると、人々はもう驚くことをやめてしまった。

いよいよこの段階にまで達すると、「丹生雄武郎は死なないのではないか」というまことしやかな都市伝説まで流布した。「生き残ったゴッホ」、「青木繁、もしくは岸田劉生の生まれ変わり」、「国宝製造機」、「ミレー・ミーツ・ルノアール・イコール……」など、丹生雄武郎を言い当てようとする言葉は多種あれど、どれも完璧な正答ではなく、それがまたこの画家の本質を捉えていた。

二〇〇七年の十月から年末にかけて、「辿り着いた孤高の境地——丹生雄武郎展」が開催された。海外の美術館が協力し合い、逆輸入された丹生雄武郎の作品群が一堂に会した。国立新美術館とサントリー美術館で同時開催された史上空前の個展は、両館合わせて三八〇万人という入場者数を記録した。これは七四年にレオナルド・ダ・ヴィンチの『モナ・リザ』が日本に初上陸したときの一日平均三万人という来場者数を遥かに超えた数字である。開催直前にオークション史上最高価格の百二十億円で競《せ》り落とされた、二〇〇一年作『世界の夕暮』の初公開が格好のパブリシティーとなったのだ。

しかし、当の本人は、相変わらず金や名声に関心を持たなかった。丹生雄武郎は最期まで崩壊寸前の民宿に住み続けた。最長老の画家から画聖へ。最高峰に君臨しても、彼は満たされない思いを丹青《たんせい》で埋めることをやめなかった。

二〇一二年八月十五日午後八時五十一分、丹生雄武郎は永眠した。享年九十七。その死は眠るように穏やかなものだった。

(以上、『清村氷言行録「ありがとう、ユウさん」丹生雄武郎との出会いと別れ』、『文藝春秋臨時増刊　丹生雄武郎の世界』、『千年の孤独──定本丹生雄武郎』を要約)

と、ここまでが、みなさん御存知の丹生雄武郎公式プロフィールである。

その波乱に満ちた生涯は、雄武郎を信奉する支持者たちを大いに魅了したが、一方で、目を逸らすことができないほど不可解な点が多数散見する。清村以下の本はすべて雄武郎と清村の証言に基づいて構成されているが、「民宿雪国」を除いて、雄武郎が関わった土地の先々で彼を知る者がいないこと、客観的資料の示す事実と合致しないことが挙げられる。私は雄武郎の生前に出版された書物を底本とせず、裏付けの取れる証言と客観的事実を重視することにした。

私たちは、真実の丹生雄武郎を知らない。率直に言えば、丹生雄武郎はその作品と経歴のそこかしこに無数の引用と捏造《ねつぞう》をちりばめてきた。しかし、だからといって、彼を糾弾したり否定することが目的ではないことは、検証作業を進める前に明記しておきたい。なぜなら、これから解き明かしていく彼の実人生は、虚飾に塗れた経歴をあらゆる面において凌駕しているからだ。それでは次行より、疑問点をひとつひとつ俎上に載せていきたい。

第二章　暴かれた実像

架空の経歴

丹生雄武郎は一九一五年（大正四年）二月十日、奈良県吉野郡で産声をあげた。戸籍謄本によれば、父親は陸軍大佐、丹生作之助。母親は丹生家に住み込みで働いていた女中、吉子。雄武郎は異母兄弟一郎司と剛次郎からの苛めに耐えながら成長した。そして、数えで十八歳のときに受けた徴兵検査で丙種判定が下ったことにより丹生家を事実上の追放処分とされた。ここまでは公式プロフィールと同じである。

しかし、上京して東京帝国大学（現東京大学）に進学したという学歴には詐称の疑いを抱かざるをえない。卒業者名簿はおろか、学籍簿に丹生雄武郎の名前がないのだ。「空襲で記録が失われたのではないか」という反駁《はんばく》があるかもしれないが、東大の本部総務課に問い合わせたところ、「戦中も厳重に名簿を保管してきたし、火事や地震で学籍が抹消されることはあり得ません」という回答が返ってきた。そこでこちらでも、夏目漱石、金田一京助、正力松太郎、川端康成、佐藤栄作、中曽根康弘、江崎玲於奈といった東京帝国大学卒業と称した著名人一五九人を対象に調査したところ、卒業名簿に記載されていない人物は、丹生雄武郎のみであった。

学歴を詐称する者は、過剰とも言えるコンプレックスを抱えている。憎父作之助の士官学校卒という当時最高のエリート学歴が、雄武郎をこのような虚偽の履歴を作成するよう仕向けたのではないか。尋常小学校、旧制中学校と、複数の同級生に確認したところ、「(雄武郎は) 勉強がからきしだった」という意見で一致した。

ということは、大学卒業後に中学校の国語教師を務めたという職歴にも、同じ学校に勤務していた妻野口春代の身上にも、当然疑問を覚えるところである。インタビュー記事を考証したが、雄武郎が教師を務めた学校名の記載はひとつもなかった。私は一九三七~四〇年の間に東京にあったすべての小中高校に残存する教師名簿を当たった。現在までに廃校、もしくは統一された学校も虱潰《しらみつぶ》しに調査したが、丹生雄武郎と野口春代の名前はどこにもなかった。確かに、あれほどの名声を獲得しながら、かつての教え子がひとりも名乗り出ていないのは奇妙である。

当時の雄武郎と春代のことをよく知る者を捜し当てた。星野まつ (仮名) の証言。

「ハルは掏摸《すり》の常習犯やったけん。うちはあん娘と組んどった。やるからには高橋お伝みたいな大物になろうち言うて。お互い田舎もんやったけん、ねんねもよかとこばってん。一度乾物屋であん頃珍しかったパイナップルん缶詰ば引っ掛けるときに腕ば摑まれっと、そん店で見習いばしとった丹生じゃったたい。ハルは足が悪かけんが逃げよっとすぐに捕まえらっじゃったもんね。堪忍、堪忍言うたけど、警察にしょっ引かれとうなかったら黙っとれっちハルば手込めにしてしもうたのが始まりたい。もっとん、丹生も最初は遊びちったんじゃが何度かくっ付いたり離れたり、焼けぼっくいに火がついたわけたい。丹生はハルにうちと手を切れち言うとった。ばってん、ハルば更生させるためやなく、うちとデキとったんがハルにバレとうなかったけんが。そげんハルもお父っさんが酒呑みで生まれついてン手癖ん悪か女じゃけん、こっそりやっとったみたいじゃ。丹生も仕事ば切られたけん、見て見ぬふりばしとったぞ。何ばして馘《くび》に？　缶詰の数ばちょろまかって、よそんところに売り付けとったんだワ。悪か奴たい。がばけちんぼやしね。コソ泥とコソ泥で似合いん夫婦じゃ。うちとは丹生がいくさに行くちゅうてそれきりじゃけん。丹生はほら吹きやったばってん、実際どうやったかわからんばいね」

半世紀以上も過去のことであり、本人の作為と離れたところで記憶も自然曖昧となるため、まつの証言を額面通りに受け取ることは避けたいが、彼女の明澄な記憶力や語り口は当事者のみが知るディテールに満ち、信憑性が高いと判断する。

三年後の一九四一年に長男公平が誕生する。ここにも重大な事実が覆い隠されていた。私は公平が出生した病院で奇跡的に残っていたカルテに「MR」と記載されているのを見つけた。「Mental Retardation」＝精神遅滞。つまり、公平は知的障害者だったということである。

「外見だけではそれとわからない。しかし、あるじは酷く恥じ入っていて、客室の一角に閉じ込めていた」

「障害は重いものではなく、基本的な挨拶はできた。たまに父親が付き添って外に出ると、自分から、こんにちはと声をかけてくれた」

「凶暴な面は見受けられなかったが、小学校低学年のときに苛められたために父親が学校に通わせるのをやめた」

これらは当時の近隣住民や公平と同級生だった人たちの証言を纏めたものである。

ここでまたひとつ真相が詳《つまび》らかになる。一九六四年、東京オリンピックがあった年に、丹生公平は出稼ぎ先の長岡で新潟地震に遭って事故死している。これは当時の地方紙にも実名で報道された紛れもない事実である。私の推測だが、公平は「『民宿雪国』の経営を慮《おもんぱか》って出稼ぎに行った」のではなく、「家にいるのが邪魔」になり、「雄武郎に追い出された」のが本当のところではないだろうか。

画壇の詐欺師が「丹生雄武郎」を作った

次に、「一九八七年二月一日、友人の美術展でたまたま長岡市を訪れていた画商清村氷が、『民宿雪国』に宿泊し、客間に掛かっていた一枚の絵に感動し、丹生雄武郎を世に送り出した」の部分だが、これも真っ赤なウソである。清村と雄武郎はそのときが初対面ではない。最愛の妻と母親を亡くした雄武郎は大阪に渡って闇市の世界に身を投じたが、清村はその時代から続く悪縁である。

清村氷、本名原川篤《はらかわあつし》は一九二九年（昭和四年）、岐阜県恵那郡東野村（当時）という僻邑《へきゆう》の極貧家庭で、十一人兄弟の六男坊として生まれた。中学卒業と同時に大阪岸和田市に住む叔父の家を訪ねると、刺殺された彼の葬式のただ中であった。叔父は飲食店を経営し、繁盛していたが、隣で店を構えていた縄のれんの主人が、「おまえのせいで客が入らなくなった」と逆恨みして犯行に至ったのだ。叔父は実直な性格で人望も篤かったが、自らの努力不足を棚に上げた被害者意識の塊に睨まれては身の防ぎようがなかった。

「人間、真面目に生きても泣きを見るだけや。俺は叔父からそれを学んだ。叔父の遺影は、俺みたいに犬死にするなと語っとった」

人一倍金に汚い清村が酒の席で決まって嘯《うそぶ》く繰り言だった。余談だが、清村は羽振りの良い者以外と酒席を囲むことはなかった。

清村は、訪問販売、寸借詐欺、美人局などで泡銭を稼いだが、ぼろ儲けを企んだ貴金属の現物商法で遂にお縄となった。刑務所の独房で、身長一六〇センチに満たない白面の小男は、社会の矛盾や不条理を徹底的に考え抜く。なぜ大物政治家や宗教家といった巨悪ほど捕まらないのか。小説家は虚業家として扱われないのか。昼夜の区別が付かない膨大な時間を、彼は読書に費やした。パスカルの『パンセ』、ニーチェの『ツァラトゥストラはかく語りき』、カントの『純粋理性批判』、マキアヴェッリの『君主論』、ソポクレスの『オイディプス王』、蓑田胸喜の『国防哲学』、近松門左衛門、シェークスピア全集など、哲学から政治、歌舞伎、戯曲まで多岐にわたったが、中でも彼に感銘を与えたのは『わが闘争《マイン・カンプ》』だった。

「ヒトラーは過激なアジテートゆえに国民の支持を取り付けたが、過剰で性急すぎたために自滅した。俺は違う。巧妙にやらなあかん。ヒトラーも言うとるやないか。小さなウソをつくからバレるんや。大きなウソなら大衆は喜んで騙されたがる」

出所後、清村はしばらく街娼の情夫としてその日暮らしの生活を送っていたが、道端で拾った新聞で美術商の存在を知る。主な業務は特殊技能を要する真贋鑑定ではなく、他業者や顧客への作品転売で、素人目には小汚いだけの壺を五十万円で成金実業家に売り付けた美術商が紹介されていた。コーヒー一杯が五円の時代である。その日の食い物にありつくのがやっとの時代に、何を生みだすでもなく右から左へと流すだけで巨利を得る輩がいる。濡れ手に粟とはこのことではないか。清村は芸術という名のペテンに鉱脈を見出す。人は誰しも名作と言われる絵画や書を前にして、一度ならず思った経験があるはずだ。

「なんだこれ、俺でも描けそうじゃないか」

清村は思うだけでなく、それを大いに利用することにした。

紙面の埋め草記事に宝の山を嗅ぎつけた彼はこれまでの経歴を隠蔽しようと、本名から清村氷に改名する。三十五歳で夭折した天才画家モディリアーニに生前から目をかけていた画商ポール・ギヨームに肖《あやか》ったものである。だからといって彼が芸術を理解していたかといえば、それはあり得ない話だった。彼には、作品が高額であるほど芸術としても優れたモノであり、二束三文でしか売買されない絵は芸術的観点から見てもやはり貧弱なものだという確固たる信念があった。単なるブローカーだと見下されないよう美術商としての知識を身に付けるのも、金のためなら容易いことだった。無名の芸術家だろうと作品に商業性《ビジネス》を嗅ぎ取れば、顧客層を想定した売買ができることを知った。

字に勢いがあるだけの書道家の駆け出しがいた。やさ男で、この世界では二の線に見えなくもなかったので、頭を金髪に染めさせて専属のスタイリストをつけさせ、わざと生意気な発言をさせた（すべて清村が考えていた）。「既成の枠には縛られない、書道界のニュージェネレーション」と持て囃され、数多の女性ファンを獲得したが、その八割近くは五十過ぎの御婦人だった。彼の作品とグラビアを織り交ぜた写真集はベストセラーになった。

肝心の作品自体は悪くないものの、あまりの気難しさに業界から距離を置かれていた陶芸家を、品質重視の日用品メーカーのＣＭタレントとして起用させた。厳めしい顔をした彼が窯《かま》から取り出した皿を叩き割るシーンを繰り返し用いて、「こだわり無印良品」とでっかく文字を打った。世間的知名度を得た異端者の陶芸展はその画廊の最高動員数を記録し、手頃な価格で大量生産したレプリカは飛ぶように売れた。

清村は素人にキャラクターを与え、代理店とともにイメージ戦略を展開し、日頃は芸術に無関心な大衆のスノッブな心理を満たすことに長《た》けた天才だった。数年前まで食うのに必死だった彼らが税金対策で工房兼別荘を建てるまでになるといった成功例を連発し、清村は業界で大いに名前を売っていく。

八〇年代、清村は「芸術界の敏腕プロデューサー」としての地位を確固たるものとしていたが、その強引な売り込みと言動は業界内の反感を買い、「良心的な美術愛好家」を自称する者の白眼視から逃れられなかった。ある時、総力をあげて売り出した画家が思うような効果をあげず、閑散としたギャラリーに売れ残った額縁の山を築いた。躓きは次の失敗を呼び、失敗は大きな凋落を招いた。誰からともなく人々の口に伝染する「清村の錬金術も終わりだな」。切り捨てる唇は冷笑に満ちていた。そして彼のおかげで愛人同乗のベンツを運転できるまでになった芸術家たちも、ここが潮時とばかり見限った。

「清村さんには足を向けて寝られません」「一生清村さんについていきます」

いつの日か跪いて誓った言葉もあっさりと忘れて。

大阪の闇市から足を洗った丹生雄武郎が、新潟で旅館を営んでいる話は以前から聞いていた。清村にとって雄武郎は遠い昔に自分の劇場から退出した人間であり、虚栄を追い求めていた彼の眼中には入らなかった。約二十年前、やはり同じ闇市で悪事を働いていた男が、愛人と弟分を連れて雄武郎のもとへ無心をしに行った話を小耳に挟んでいたが、その結果がどうなったかは知らないし、興味もなかった。ただこの期《ご》に及んで昔なじみを懐かしんだのは、確実に彼に老いが忍び寄っていたためだろうか。

されど、神霊は清村を見捨てなかった。

まるでレイ・クロックが効率化された調理場と人件費カットのハンバーガーショップに神の啓示を受けて一大帝国《マクドナルド》を築きあげたように、清村もまた雄武郎の絵に「金の卵を産む巨大ガチョウ《ウエイトレス》」を見出し、そこに小市民が手を叩いて喜びそうな悲劇を織り込んだ。

清村は文字通り巨万の富を稼いだが、妬み嫉《そね》む連中による非難をかわすため、たまに思い出したように慈善団体に寄付をした。もちろんその会見に訪れた記者団に「手土産」を握らせることは怠らなかった。彼は長年払い続けた授業料の元を取り返したのだ。

「未来を担うべき若手アーティストが、公園の似顔絵描きにしかなれない現状を黙って見過ごすことはできない。私と丹生は芸術家の卵を全面的に支援します」と、税金対策の財団を設立したり、最低でも一億円は下らないと言われる丹生雄武郎の作品を、画壇の大ボスが運営する美術館に惜しげもなく寄贈した。これにより清村への口撃は完全に封殺された。

「丹生雄武郎の仕掛け人」「画壇史上最高の詐欺師」「絵画界のドン・キング」……。清村氷には毀誉褒貶《きよほうへん》あるが、この男こそ丹生雄武郎に「ゴッホ以来最高の画家」という虚像を授けた黒幕である。

脚色したのは雄武郎の経歴だけではない。発言も偉大なる芸術家たちからの借り物だ。先に転載した萬井一郎によるテキストも、インタビューに帯同した清村が原稿チェックの段で大幅に書き足したと、私は萬井から直接聞かされた。

ひとつずつ検証してみよう。まず、丹生雄武郎の「山高帽に鼻眼鏡」というルックスだが、ピンと来た人も多いだろう。これは十九世紀のフランス人画家ロートレックのモノマネと見るのが妥当なところだ。

「左目は完全に失明してしまいました。（中略）この頃は両腕も不自由になってきまして、人差し指と親指に絵筆を挟んで固定してからキャンバスに向かいます。医者からは変形リューマチだと診断されました。人間、長生きするとあちこちにガタがきます。仕方がないものとあきらめる一方、やはりどうにも納得がいかない自分が一方にいて、芸術はなんというなれの果てまで私を連れてきたのだろうと思ったりするときもあります」

前半部分は晩年のルノアールの容態である。後半の台詞は、かのミケランジェロが八十歳のとき、日記に綴った文言である。もちろん、丹生雄武郎の車椅子も猿芝居のひとつである。「二本足で普通に歩行しているのを見た」という目撃証言が無数にある。

「欲張りな爺だと思われるでしょうが、長生きしなければいいものは描けないと思っております。いつお迎えが来てもおかしくはない身ですが、せめてあと二十年は生きたいのです。そうすれば、本当の絵描きになれるのですが」

「長生きしなければいいものは描けないと思っております」の部分は、日本人画家の巨人富岡鉄斎が洋画家正宗得三郎に語った台詞だ。「せめてあと二十年は……」は、七十四歳で大作「富嶽百景」を描き、江戸時代末期に米寿《べいじゅ》を迎えるという驚異的な長寿を誇った葛飾北斎によるものである。次は萬井の問い掛けから検証しよう。

「御子息の葬儀に、弔問客の誰にも会わずに画室に籠もり、そのとき描きあげたのが代表作のひとつ、『葬壇』だというエピソードは本当でしょうか?」

九十七歳まで生きた洋画家、梅原龍三郎のあまりにも有名な逸話である。違うのは、梅原の場合は妻だったという点で、絵の題名『葬壇』まで引き写している。

「私にもこれから先、ただ一度だけ幸福な日が来ます。それは、寝て、再び覚めぬ日です」

これは芸術家の発言ではない。十九世紀にドイツを統一させた鉄血宰相ビスマルクの談話からだ。

これ以上の検証は時間の無駄のため控えるが、このインタビュー以外にも、丹生雄武郎の発言が引用で継ぎ合わされていたことを報告しておく。私たちが清村の舌先三寸による作り話を鵜呑みにしてきたことがわかって頂けたと思う。

死後発見された三十七冊の日記

それでも読者のあなたはこう言って、雄武郎を弁護するかもしれない。

――丹生雄武郎は絵描きとして天賦の才能があり、世界が認めているという事実は揺らぎようがないではないか――

さて、ここからが本題である。驚倒すべき真相を明かそう。丹生雄武郎の作品には剽窃の疑いがある。彼の死後自宅から一冊のスケッチブックが発見された。それは「裸の大将」と呼ばれた放浪画家、山下清によるものであった。

一九四九年夏、山下清は新潟県長岡市を訪れている。生前、日本中を流浪の旅に出ていたのはドラマで知られる話だが、清は花火を見た帰りに、丹生雄武郎が経営する「民宿雪国」に立ち寄っている。使用人が即座に追い返そうとするも、雄武郎は清に食べ物を与えるよう言いつけた。満腹になった清を部屋に呼びこみ、一宿一飯の御礼に絵筆やクレヨンを握らせたのだ。清が嫌がることはなかった。雄武郎にとって知的障害者の扱いは息子の公平でお手の物だった。清は「雪国」に一ヶ月もの間寝泊まりした。三十宿三十飯となれば、白紙の画集を一冊まるごと埋めるのは容易いことだった。

　ここで、プロローグでその存在を明かしていた、丹生雄武郎が生前赤裸々に綴った三十七冊の日記から決定的とも言える箇所を抜き出してみる。この第一級資料は、年月日などの細かい間違いが多々あるものの、雄武郎本人でなければ書き記すことのできない内容に満ちている。つまり、〝丹生雄武郎という仮面の告白〟であり、懺悔録でもある。なお、傍点は引用者による。

　私は幾度も嫉妬に駆られた。邪気のない顔でペンを走らす男の表情に、激しく殺意を催した。いっそ首を絞めて殺してやりたかった。なぜ神はこの男にこれだけ豊潤な才能を与えたのか。

　私は彼の絵から幾度も拝借した。彼のスケッチを破れば証拠陰滅《ママ》となるはずだった。しかし、私にはできなかった。山下の絵を燃やすことができなかった。人を殺すこ

とはあれほど雑作もないというのに！（昭和五十六年四月二十三日）

清村が考えた経歴で売り出すことに反対しなかったのは、山下のことがあったからだ。果たして彼があんなでなかったら、ここまで世に認められていただろうか。

（平成三年一月十五日）

丹生雄武郎の日記の特徴だが、その日あったことをそのまま書き留める場合と、前日までの流れとは一切関係なく、良心の呵責や悔恨を延々と綴るといった二つに大別できる。長期にわたる空白期間も珍しくなく、一例としては昭和四十六年六月十五日の日記の次のページが昭和五十四年四月十二日という、実に八年間にも及ぶ空白期間がある。また、日記ゆえに他人に読ませる必要がないため、誤字脱字はもちろんのこと、怒りの感情にまかせたのだろう、雄武郎本人でも判読不可能だろうと思《おぼ》しき殴り書きがほとんどである。そうかと思うと時折、目を見張るような文学的表現が達筆で書かれていたりと、錯乱した印象を抱かせる内容となっている。

日記で右の文章を発見した後、複数の美術鑑定士に山下清が遺したスケッチブックと丹生雄武郎の作品を見比べてもらったが、「夥しい数の類似点がある」という見解で一致した。

これ以前にも雄武郎には盗作疑惑が持ち上がったことは御存知だろうか。例を挙げると雄武郎の『ある殺人現場A』『T町の拷問部屋がある家』『遺骨でできた金字塔』は、それぞれ後期印象派を代表する画家セザンヌの『殺害』『オーヴェールの首つりの家』『頭蓋骨のピラミッド』と構図、テーマ、色使いが酷似していると指摘されたが、清村は「あれは（セザンヌに対する）オマージュです」と言い逃れをした。大手週刊誌が真相追及のキャンペーンを張ろうとしたが、清村が雄武郎の画集発行と引き換えに、記事を揉み消したと言われている。

なお、この件に関して画商清村氷に取材を申し込んだが、回答は得られていない。

丹生雄武郎の「正体」

そして、多くの読者が困惑しているであろう傍点の箇所に触れなければいけない。これは私も自分に言い聞かせるように書いているのだが、どうか冷静に受け止めて頂きたい。

丹生雄武郎は、偉大なる画家たちのエピゴーネンだっただけではない。

彼は、冷血非情の殺人鬼だったのである。

雄武郎が死の数日前にひとりで船に乗り海に出た話は読者のみなさんも御存知のことと思われるが、それは彼が戦後五〇年以上にわたって切り盛りしてきた民宿に立ち入り検査が入ったため、逃亡を図ったのだ。

二〇一二年八月十日、「民宿雪国」に行政による強制撤去が執行された。

建築基準法九条によれば、市区町村長といった特定行政庁は、法令や建築条件に違反した建築物を取り壊す命令権を持つ。旧耐震基準で建てられた「雪国」は、それまで耐震改修の工事を頑なに拒否してきた。築四十年が経過したあたりから「雪国」の耐震強度を疑問視する声が近隣住民からあがっていた。ましてや海辺に建てられた民家のため、潮風に当てられ外装の老朽化が他の建築物よりも早い。これに対し雄武郎は、自分の死後に文化財として保護するよう文化庁に訴えたが、役所はそれを拒否し続けた。

これには雄武郎と新潟県の間に長年の遺恨が横たわっていた。

九〇年代初め、当時の新潟県知事が、自分の県に長年住む画家が世界的評価を受けていると知り、県民栄誉賞を打診したのだが、雄武郎はそれを辞退した。清村を通して、「そんなものをもらったら、家に人が来て迷惑だ」とコメントを発表したのだ（やはりこれも井伏鱒二がノーベル賞を打診されたときに断わった理由の引き写しである)。

そこを長岡市が間に入ろうとした。密かに「民宿雪国」を重要な観光ポイントにしようと目論んでいたのだ。この計略を知った雄武郎は、行政側と完全決裂を見るに到った。

「新潟県T町の海沿いにある民宿を、丹生雄武郎が直接経営している」と、どこから聞きつけた観光客が彼の写真を撮ろうとしてからというもの、部屋はひとつも埋まっていないにもかかわらず宿泊を断わっていた。そのような開店休業状態にもかかわらず、雄武郎は「雪国」の看板を下ろすことはなかった。市役所は「今後も宿泊施設として運営を存続させていくつもりなら、取り壊しはやむを得ない」と説得したが、雄武郎は彼らの再三にわたる注意勧告を無視し続けた。

しかし二〇〇七年七月十六日、新潟県中越沖でマグニチュード六・八という大地震が発生した。雄武郎は裏庭にいたため怪我はなかったが、「雪国」の被害は半壊にまで及んだ。これにより雄武郎と新潟県の二十年戦争に終止符が打たれた。

二〇一〇年九月、長岡市役所の定例議会で、「民宿雪国」の取り壊しが正式決定した。

かつて雄武郎は地震で愛息を奪われたが、彼はまたしても天災により大切なものを奪われることとなった。

「世界の丹生雄武郎なら新しいアトリエを作ればいいではないか」

そう思う読者もいるだろう。しかし、奇異なことに雄武郎の貯金通帳には、わずかな残高しか記されていなかった。彼の家には高級な外国車があるわけでもなく、「雪国」で働く小柄な老女以外には情婦らしき女性も見当たらなかった。彼の肌着は三十年来着古したもので、その生活は画家として世に出た後も一向に変わらなかった。市から派遣された介護士のボランティアによると、朝五時には起床して新聞を読み、めざしと玄米と漬物と味噌汁の朝食を摂《と》ってから部屋に籠もる。昼は蕎麦かうどん。短い昼寝を挟んでからまた画業に励む。一日に何回か裏庭にある墓に手を合わせ、晴ていれば風に当たる。日が沈むと使用人に夕餉の準備をしてもらい、週に一度お銚子が一本。夜の八時には寝床につく。このように、雄武郎は絢爛豪華や蕩尽乱費《とうじんらんぴ》とは無縁な、昨日と見分けのつかない日々を何十年も過ごしていた。にもかかわらず金がなかった。この謎については後述する。

先に雄武郎が「雪国」の取り壊しを、頑なに反対していた謎を解き明かそう。

生前、T町周辺で行方不明者が多発しようと、まさか車椅子に乗った、目の不自由な民宿のあるじを疑う者は皆無だった。

しかし「民宿雪国」には、雄武郎のみが知る落とし穴と、壁という壁や地面に血痕がこびり付いた地下室があり、なおかつ、深い草藪が広がる裏庭には大量の屍体が埋められていた。解体工事で白日の下に晒されることを恐れていたのだ。

殺人に関して、丹生雄武郎は日記に書き留めるよりも、絵に描き残すことのほうが多かった。雄武郎には肖像画が多数あるが、清村が「雪国」で初めて見た彼の作品『息子、公平の友人』や、『父、兄、兄』、『旧い友人』などのモデルになった人物は、いずれも雄武郎の手で殺《あや》められた者たちである。裏庭から掘り起こされた遺体は損傷が激しいものの、当時家族の手により警察に捜索願が届けられた行方不明者の生前の写真と、雄武郎が描いた肖像画にある人物の特徴が各々一致した。

復讐の日

ここで丹生雄武郎が自らの殺害を日記に書き記した稀有な例を抜き出す。

彼らへの怨念を『父、兄、兄』でキャンバスに昇華しただけでなく、日記にも仔細に記したのは、雄武郎にとって重大なテーマであったからだろうと忖度《そんたく》する。以下の長文は、使用人にさえ「あの人は人格者だ」と言わしめた雄武郎の「素顔」を暴く用途以外、世に出る必要がないほど稚拙なシロモノだが、昨今の文学にはない黒い情念が汚泥の如く描かれている。なぜ雄武郎が身内から壮絶なまでの虐待を受けてきたのか、ひいては自らの人生を虚飾することを厭《いと》わなかったのか、読者であるあなたは衝撃とともに真因を知るだろう。

なお、実際に書かれた文書は旧かな遣いだがニュアンスを損なわないかぎり現代かな遣いに変換した。今回発掘されたこの日記の書籍化を希望する版元は、私を通して名乗りを挙げて頂きたい。

昭和三十四年五月十六日。「民宿雪国」が営業を始めてからちょうど十年が経過していた。

私は作之助、一郎司、剛次郎（注・雄武郎の父と異母兄弟のふたり）を「雪国」に招いた。

ここに至るまで私は平身低頭して彼らに誘いの声をかけてきた。

「おかげさまで民宿も繁盛しています。お父さんとお兄さんたちに御恩をお返ししたいので、ぜひともうちの温泉まで静養しにいらして下さい」

散々自分たちが苛めてきた相手が猫撫で声を出すので、連中も訝しく思っただろうが、戦後いくつもの事業に失敗したため、景気のよさそうな私に無心したかったのだろう。作之助はことさらに勿体ぶってみせた。

「電車賃を負担すれば行ってやってもいい。ただし、特等席だぞ」

私は恭しく受話器を置いた。

その日は他の客を入れず、使用人も休ませ、公平は施設に預けた。

私が子供だった頃、あの男は酔うと決まって戦地の手柄話をした。部下には正面から攻撃するよう指示を出し、その間に自分は背後から敵陣の基地に侵入して何人も斬り殺したそうだ。こちらの耳に胼胝《たこ》ができるのもおかまいなしに得々と語られる体験談を、一郎司と剛次郎は目を輝かせながら聞き入っていた。だが二人は作之助が寝静まると、

「首をはねた人数が年々増えていくな」と嗤っていた。

奴らはいい夢を見ていたに違いない。久しぶりの上等な酒を、睡眠薬が混ぜてあることも気づかず浴びるほど痛飲し、地下室に運んでもゆりかごに揺られる夢でも見ていたのか、呑気に高鼾をかいていた。まことにおめでたき手合いだが、目覚めてさぞや肝を潰したに違いない。奴らが長い間、羊だと信じていた妾腹の子は、軍服を纏った虎に化けていたのだから。

作之助と異母兄弟は手足を縛られたまま戦慄していた。

血の気が引けたその顔を見て、心底私の溜飲が下がった。

「気でも違ったのか！」

叫んだ一郎司の口に木刀を叩き込むと、砕かれた前歯が足元に転がった。

「只今より、ここ『民宿雪国』でT町裁判を開廷する。本法廷は国際法と人道に基づいて中立厳正なる裁判を行うものである。どこから被告人のおまえたちを罰するか。まずは軍人として裁いてやろう。〝贅沢は敵だ〟〝一億抜刀、米英打倒〟〝聖戦へ、民一億の体当たり〟……。貴様らはことあるごとに自分たちを天皇の赤子だとか、軍人以外を非国民扱いして威張り散らしてきた。ところがどうだ。戦時中から配給品を猫ババし、鬱憤があれば平民を虫けらのようにぶん殴り、鬼畜米英だと威勢のいいことを言っておきながら、戦争に負けたら進駐軍にコロッと寝返った。狡猾な貴様らのことだ。部下を前線に送り込んで、自分たちはのうのうと生き延びてきたのだろう。栗林名将のような立派な軍人がいる一方で、貴様らのように下種《げす》っぽく、腰抜けで、卑劣な軍人もどきを、GHQが放免しても私が許さない。

次は、私と母を長い歳月にわたり蹂躙してきた罪状に関してだ。

本当ならこの家には、母さんを呼ぶはずだった。

私はあの頃、おまえたちの酷い仕打ちに堪え切れず、この家を出て行こうと母さんに懇願した。しかし母さんは辛抱しておくれと、涙ながらに息子の私に頭を下げていた。戦争が終わってシベリアに抑留されたときも、いつの日か母さんと春代と公平と幸せに暮らすという夢があったから、過酷な労役にも耐えていけた。体力に自信のあったはずの戦友たちが次々と栄養失調や病気で野垂れ死んでいくなか、虚弱体質だった私が生き残ったのは、貴様らへの復讐心があったからだ。幼い頃から直面してきた地獄と比べたら、極寒のシベリアも生ぬるい。私と母さんを奴僕《ぬぼく》のように扱った、あの屈辱と比べたら……！」

私は自分の言葉で火に油を注がれて、何度も激しく連中の頭部に木刀を振り下ろす。そのたびグエッ、グエッと踏み潰されるカエルの呻き声がした。

「一郎司、剛次郎、貴様らは一度も私の母、吉子を母さんと呼ばなかった。それどころか父親と一緒になってヨシと呼び捨てにし、女中扱いをしてきた。もういいだろう。これより判決を言い渡す。被告、丹生作之助、丹生一郎司、丹生剛次郎、貴様らを極刑に処す！」

額から血を流した剛次郎が私をねめつける。

「卑怯者はどっちだ！　手足を縛られていなければ、誰が貴様ごときに……！」

私は跪いて奴の縄を解いた。剛次郎は一瞬驚いた顔を見せたが、自由になった手足の感触を確かめると、私の与えた木刀を振り下ろした。ひと振りするたび、ビュン、ビュンと空気を裂く音が地下室に反響した。奴はニッと笑うと、真っ黄色に汚れた前歯を見せた。やる前から勝った気になっている田舎芝居めいた振る舞いが、私の冷笑を誘った。剛次郎の腕前は父親や一郎司より上だった。

だがこの単細胞は、戦場と過酷な労働が私を強靭な肉体の持ち主に変貌させたことを知らなかった。上着を脱ぐ。身体中を包囲する夥しい傷と、隆々と鍛えられた背中はさながら鬼の形相を宿している。私は一郎司の顔が恐怖で総毛立つのを視界の隅に入れた。予想通り、剛次郎の不意打ちをかわし、奴の手首目掛けて斧を振り下ろした。奴が落とした木刀がセメントの床でかたかたと鳴る。骨を砕いた感触に私は酔い痴《し》れる。

「拾え」

薄闇のなかに私の背後に潜む揺らめきを見たのか、奴は滑稽なほど怯えていた。弁慶の泣き所を打ち付け、倒れたところで振り返りざま後頭部を叩き潰した。割れた脳天からどす黒い血飛沫がどろりと溢れて、剛次郎は絶命した。

一郎司は私と目が合うと縮み上がり、口がきけないほどだった。目を覚ましてやろうとその薄汚れた頬を張った。

「むかし、こうやってよく遊んでくれたよな。お前は面白くないことがあると私に因縁を付けて、人の見ている前で散々笑い物にしてきた。私には不思議だった。どうしておまえのような性悪な人間がこの世に存在するのか。母親は違えど私の兄なのか。私が十八歳の時、徴兵検査に落ちると、親子で束になってかかり私を袋叩きにした。おまえがそのとき何て言ったか覚えているか。

『日本軍人には心が清らかな者しかなれない。貴様は穢《けが》れているからなれないのだ』

俺はその後ニューギニアとシベリアに行ってわかったことがある。おまえの言うことなど嘘八百だということが。軍人ほど人の顔色を窺う生き物はいない。父親が咎めないのをいいことに、餓鬼の頃から私の母親を呼び捨てにしてきた。大人になると今度も考えなしに、植民地にした人間の土地と言葉と尊厳を奪ってきた。――今度は私がおまえの尊厳を奪う番だ」

私は一郎司の荒縄を解き、手足を解放してやった。しかし奴の顔は解放感よりも、これから何をされるのかという不安に覆われていた。

「父親《あいつ》の縄を解いてやれ。それから、互いの陰茎を咥《くわ》えろ。噛み千切ったほうを生かしてやる」

私は子供の頃からこんな日を待っていたに違いない。

一郎司が目を白黒させて二の句が継げずにいる一方で、作之助は感情のない能面を張り付けていた。手塩にかけて育ててきた次男が脳味噌を散乱させたときでさえ、眉一つ動かすことはなかった。一郎司は珍妙なほど顔面を引き攣《つ》らせ、色を失っていた。四半世紀という歳月を超えて、私はようやく彼らの加虐心を理解した。猫が鼠や虫を甚振《いたぶ》るのに大した理由はない。人間も本能に忠実に生きれば犬猫と大した違いはない。私は理論ではなく、沸き立つ血潮でそれを知った。

一郎司は顔をあげると、不意に何の問いに対しての答えなのか、私に向けて胸の内を絞り出した。

「おふくろのいるおまえが羨ましかったんだ……」

この男の涙を、私は初めて見た。

天誅のつもりで振り下ろした木刀が真っ二つに折れて、私は切っ先を一郎司の顔面や喉笛に何度も突き刺した。ピクリとも身動ぎしない骸《むくろ》から顔を持ちあげると、血を分けた男と目が合った。

そして、いよいよだった。私は御馳走を最後に残しておく性質なのだ。

ゆっくりとその男の前に立ち、巨人のように見下ろした。

「親父、やっとサシで話せるときが来たな。私にとって、きょうは人生最良の日だ。この至福のときを迎えるために生きてきたと言っても過言ではない。あんたを奴らのように易々と始末はしない。何日も餌を与えず、糞尿を垂れ流す極限生活を味わわせてやる。生かさぬように殺さぬように、宮本二天ばりに鉄鎖を喰らわせてやるから覚悟をしとけ。

幼かった頃、私は茶碗を割った罰としてあんたから水責めの拷問にあった。今思い出してもはらわたが煮えくりかえるのは、あいつらに濡れ衣を着せられたことではない。高熱を出して一週間死線を彷徨ったことでもない。あんたが実の息子に対して、『おまえが死んでもあの茶碗は元通りにはならぬ。おまえの命より、あの茶碗のほうがずっと値打ちがある』と言ったことだ。……あんたのあの言葉を、たとえ死んでも忘れやしない」

この台詞をこの男に面と向かって言うまで、私は絶対に死ねないと思って今日まで生きてきた。だが、私の一世一代の告白をよそに、鉄仮面はニヒルに片頬を歪めていた。奴は見下すような薄笑いを浮かべていた。

私は作之助の膝に蹴りを入れて身体を起こすよう命じ、正座をさせてから往復びんたをお見舞いした。見る見るうちに両頬が赤紫に変色し、奴の固く結んだ唇の端からツーと一筋赤いものが顎を伝って膝に垂れ落ちた。

しかしこの期に及んでも、この男は無様な醜態を曝すことも、惨めに助命を乞うこともしなかった。

この人非人を心底震え上がらせたかった。私と母を苦しめ続けた人面獣心の悪鬼に詫びを入れさせたい思いでいっぱいだった。私は闇市時代の拳銃を取り出した。これを突き付けられて平静でいられた者はいない。そして、墓から持ち出してきた陶磁器製の小壺を奴の眼前に差し出した。

「これが何かわかるか。母さんの遺骨だ。母さんに謝れっ。手をついて、申し訳ありませんでしたと許しを乞え！」

作之助は、それでも愚弄のせせら笑いをやめなかった。自分の目に映るものが、まるで人間ではないとでも言いたげな面持ちだった。

そしてこれまでずっと不気味な沈黙を続けてきた男は、遂に重たい口を開いた。

「……おまえは、儂から勘当を喰らったとき、家を出ようとあの女に声をかけた。だがあいつは家に踏み止まった。儂や継子に嘲笑され、足蹴にされているにもかかわらず。なぜだかわかるか。あいつはな、儂の肉体に惚れていたんじゃ。心はいくら嫌がろうと、儂の肉棒の虜《とりこ》、謂わば性奴隷だったのだ。おまえに手をついて涙ながらに辛抱しろと言ったのは、儂と離れたくなかったからだ」

私は奴の妄言を止めようと、銃把で頭部を殴打した。

刹那脳裏を過る光景があった。あれは私が男と女の営みというものを知り始めた頃のこと。母は夜毎布団を抜け出して、夜明けにはそっと床に戻ってきた。私が寝ているか、顔を覗き込んでから布団を掛け直すとき、暗闇に薄目で注視した。乱れた後れ毛をそっと手で戻す母の顔は、まさしく女のそれであった。

「おまえの母親は淫乱な女でな。儂の精根を奪おうと、朝が来てもしつこく――」

「黙れ黙れっ、黙れと言うのがわからぬか！」

私は何遍も同じ言葉を、それよりも多く拳を振り乱した。作之助は顔を腫らしながらも、嘲笑うのをやめなかった。殴り疲れ、息を荒らげて、奴の顔を見た。そこには、私とよく似た面差しがあった。

「おまえは卑しい身分の子供。妾の子の分際だ。茶碗のほうが高価なのは当然のことだろう」

そして、この世のものとは思えない、冷淡な笑顔を見せてこう言った。

「思いあがるな！　卑賤な朝鮮人の子が！」

私は見破れなかった。これが奴の奸計であることを。まんまと奴の掌に載せられていたのだ。助からないと知った作之助は、じわじわと地獄の責め苦がこれ以上続かないように、この世で最上の安楽死を享受したのである。気づくのはいつでも過ぎた後だ。六つの銃創からもくもくと血煙をあげた作之助はすでに事切れて、私はその後も弾を入れ替え、遮二無二撃ち込んだが、足元に転がっていたのは魂の抜けた肉塊であった。

私が積年温めてきた復讐劇は、こうして呆気なく幕を下ろした。

三人の骨はもちろん墓のなかにはない。裏庭の藪に埋めて、発作的に湧き起こる怒りにまかせて土塊《つちくれ》を踏みしだいたりしていたが、血肉が腐る前に野良犬に喰わせた。やがて、飢えた犬が身を震わせながら肛門から糞便をひり出したとき、私の復讐は満たされない悦びとともに昇華した。

私はこの狂人日記を読み返す度、身の毛が逆立つのを止められない。

丹生雄武郎の母親、丹生吉子は朝鮮人だった。私が調べたところ、吉子は一八九二年、平壌西部にある万景台《マンギョンデ》の農家に生まれた。本名、柳吉子《ユ・キルジャ》。一九一〇年の日韓併合条約の後、口減らしのため渡日した。吉子は十八歳だった。新潟県長岡市にある紡績工場で数年働いたのち、一三年、女中を欲していた奈良県吉野郡在住の丹生作之助家に住み込みで働く。翌年、作之助夫人まつが急逝。日を経ずして腹が大きく膨らんだ吉子が村の噂となり、世間体を気にした作之助が慌てて籍に入れた。こうして悲運の子、丹生雄武郎が生まれた。

これで雄武郎がなぜ自らの過去を虚飾で彩ることになったのか、父兄から虐げられてきたのか、その根源がおわかり頂けたと思う。再度繰り返すが、これは「墓荒らし」が主眼ではない。ここまで明らかにしなければ、丹生雄武郎が作品に込めた絶望の色を真に理解することはできないと判断し、事実を明かしたことを再度強調しておきたい。

第三章　出兵と抑留の嘘

朝鮮での雄武郎

ここで思い出して頂きたいのは、雄武郎は数えで十八歳の時に一度丙種判定が下っているという逸話である。母親の吉子は入籍する際に帰化し、雄武郎は生まれながらにして日本国籍だったが、彼の出自を伝え聞いた検査官によって徴兵から除外されたのではないかと推測する。当時の日本は朝鮮を植民地にして朝鮮人を日本臣民とする一方で、太平洋戦争以前は兵隊が不足していない時世ということもあり、朝鮮人の血が入る者を日本兵＝天皇の御子に加えたくない検査官が何らかの欠陥を見つけて（もしくは捏造して）、不合格にするケースがあったからだ。

丹生雄武郎の偽経歴のなかで、もっとも大きな不幸と嘘はここにある。戦前生まれの日本男児にとって帝《みかど》のために戦地へ赴くことができないのがどれほどの生き恥か。

幼い頃から七生報国《しちしょうほうこく》を刷り込まれて成長した世代にとって、「兵隊に採られてむざむざ死なずに済んで良かったですね」「人間死んだら終わりですから」などという「正論」は慰めにもならない。のみならず、戦争の手柄を嬉々として語る父親への羨望と反発が、またしても雄武郎を詐称へと駆り立てる大きな一因となったのは想像に難くない。

若き日の不合格判定については郷里のため証人も多かったが、上京してしまえば雄武郎を知る者はいない。いくらでも都合のいい経歴を仕立て上げることができる。ニューギニアへの派兵とシベリア抑留は、自らの不名誉を隠蔽しようとした偽のアリバイである。

一九四三年、雄武郎は日本の植民地だった当時の朝鮮に、大日本帝国の内需拡大を目的とした軍需工場の作業員として派遣された。これが事実である。公平が障害児であり、春代も公平を出産してから体調を崩していたため、雄武郎は単身で彼の国に渡った。

彼の公務は兵器や弾薬などの軍需品を製造する工廠《こうしょう》以外にも、民間の朝鮮人女性を女子挺身隊として徴用する任務を兼任していた。これが実に骨の折れる仕事だった。朝鮮では古来娘を家の外で働かせることを忌避《きひ》する伝統があった。朝鮮人を内心では蔑視していたとしても、強制的に彼女らを動員することは徒《いたずら》に反日感情を煽ることになり、暴動へと直結する可能性があった。

「丹生のやり方は甘い。連中はいまや日本臣民であり、もはや朝鮮人ではない。国家総動員法第六条を適用すれば済む話ではないか」

と主張する上官もいたが、雄武郎は娘のいる家を一軒ずつ回り、「これは御国のためであり、人身売買ではない」と、彼女たちの親を説得に当たった。そのなかのひとつに、ある置屋《おきや》があった。日本軍が進出してくるまでは高級感を売りにした旅館だったが、陸軍の要請により、手の込んだ料理や芸者など座敷を備えた料亭兼旅館へと鞍替えを余儀なくされた。日本からやってきた芸者に加えて、地元の朝鮮人女性に和服を着せて、三味線などの芸事を仕込んだ。自明のこととして、夜は軍人の閨《ねや》の相手を務めなければならない。出稼ぎのため海を越えてきた日本人女性はもとより、侵略者から一方的に文化を強要された彼女たちの心情は如何ばかりであったか。

私は当時雄武郎と同じ職場で働いていた工員を突き止めた。

東正三郎氏、取材当時八十四歳。戦後は大阪下町の天六で小さな製作所を興し、跡継ぎに社長業を譲った現在も、作業場に出て汗を流す毎日を送っている。

「ニウさんはまあ、女たらしでしたなあ。女子挺身隊のスカウトと言っては、めんこい女子《おなご》を手ごめにしていたんですわ。ずいぶんキズものにしてましたな。一度呑みながら訊ねたことがありますねん。あんさん、そない朝鮮女ばかり手ぇ出してたら、あの娘らの親が徒党を組んでそれこそ暴動が起こるんと違いまっかって。そしたらニウさん、自信満々にこう言い張りましたわ。

『ヘタな野郎が女に不満を持たせる。ワシは巧いから福を持たせる。上官に呼ばれてもワシは言い訳を用意しとる。これは手ゴマを掌握する、謂わば操縦術ですとな。実際そうなんやからな。あんた、あれだけの女の数見てみ、ひとりひとり口で言うたところで、命令を聞くと思うか？　それなら自分のイロにするのがよろし。朝鮮女は健気で深情けやから、一度やってしまえば何でも言うことを聞きまっからな。しかしワシも辛いで。わかるか、ワシは自分の性欲の捌け口に手ぇ付けてんのとちゃう。御国のために、立派な挺身隊を纏め上げようと仕方なくやってるんやで。考えてみ、ひと晩に三人も四人も調教せんとあかん日もあるんやで。まったく身体がいくつあっても足らんわ。なんぞ特別手当が付かんもんかな』

これにはアキレタ。ボクはまだ女も知らんウブな小童やったから、羨ましいやら腹が立つやらやった。女子の親御はんらは泣き寝入りでしたでしょうな。せやけど軍直営の工場長では相手が悪い。そう、工場長。あの人、ボクより後に工廠に来たのに、牛蒡抜《ごぼうぬ》きで工場長になりはったんです。まあ、たらすのは女だけやなかった。男にも取り入るのが巧かった。デキてんのかなってぐらい現地の上役に可愛がられてましたし。

他にもまだぎょーさんあるよ。ニウさん、毎晩〝ピー買い〟に精を出しとったんやけど、なかでもニウさんがごっつうお熱の芸妓が置屋におりました。名前は……何て言うたかな。さすがにむかしすぎて思い出せまへんけど、どえらい別嬪やったと聞きましたで。どうせあの人のことでっから、さんざん喰い物にしたんでしょうな。

ええ、終戦は朝鮮で聞きました。どうも旗色が悪いっちゅう話は前々から耳に入ってきよりました。新型爆弾を落とされたときも、軍部がいくら箝口令を敷いたところで伝わるもんです。せやけど、負けるかもしれへんなんて言うたらエライことになります。『日本は神の国である。必ず神風が吹いて我々を勝利に導いて下さる。敗北を口にする者は非国民である！』言うて、そらあいつら憲兵隊にボコボコにされますがな。

ニウさんがどうなったかは知りません。自分の身を守るだけで必死ですがな。日本では悲しむヒマがあったかもしれんけど、こっちは一夜明けたら敵の陣地になってるわけやから。取るもんも取りあえず船に乗り込みました。そしたらあの阿呆！　憲兵がまた威張りちらしてからに。『ワシを誰やと思うとる。大日本帝国陸軍の小田島であるぞ！　戦争に協力しなかった女子供は降ろしてワシを乗せんか』などとぬかしよった。ボクだけやない、誰彼ともなく声が上がりました。『おまえみたいな奴が威張り腐ってるから日本は負けたんや！』。あっちはあっちで『貴様のような不逞の輩のせいや！』。癪に障るんで船から海に落としてやりましたわ。奴さん金槌でしてな。ぶくぶく沈んでいきよりました。他にも軍服の連中が乗っていたんですが、ネズミみたいに小さくなって見て見ぬふり。昨日まで一緒に御国のために、陛下のために言うてたんが、目の前で同じ日本人が死んでも可笑しそうに腹を抱えてました。そうやねえ、あの頃はみんな狂ってたんやと思いますわ」

東氏の口から語られた「雄武郎が熱をあげていた置屋の芸妓」の消息は不明である。彼の地が現在では北朝鮮のため、現地調査ができないのが大きな理由である。

しかし、私は今回、あらゆる手立てを講じた結果、決定的証拠と言えるものを入手した。若き日の雄武郎とチマチョゴリを着た女性が共に収まっている記念写真である。

写真館で撮られたと思しきそこには、軍服を着た雄武郎が椅子に座り、隣には切れ長の目をした女性が立っている。長い髪を後ろに結い、微かに開く口唇は、写真それ自体がセピアであるにもかかわらず、豊かな紅色が伝わってきそうだ。細い首と肩が印象的で、美人の基準は世に移ろえど、現代の視点からしても彼女が美姫であることに異論を挟む者はいないだろう。しかもただのつまらぬ美人とは違い、どこか男を魅了するというか、可憐な中にも惑わせるものがある。そして、雄武郎の信奉者ならどこかで見たことがあると感じるのではないか。

そう、この女性こそが、『名もない女』のモデルである。

この貴重な写真を入手した経路を説明しよう。

終戦を迎えた朝鮮では、日本軍に著しく加担した者を糾弾する運動が起こった。日本軍が撤退した直後、一部の民衆は暴徒と化し、積年の恨《ハン》を同胞へと向けた。件《くだん》の置屋も追及を免れず、雄武郎と朝鮮人女性が撮影した写真館も、文字通り集中砲火を浴びることとなった。

「ここの館主は日本軍に媚を売って、店のウインドウに日本兵の写真を飾っていたぞ！　売国奴め、焼き打ちにしてしまえ！」

火が放たれる寸前、この写真館にあった一部のネガは難を逃れた。今後の戦争責任を糺《ただ》す物的証拠という考えではない。ただ単に、憎っくき日本兵の写真に唾を吐いたり、破ったりといった腹癒せのために持ち出された。長い歳月を経過して大部分は散逸したものの、戦争遺品として韓国の国立博物館に保管されていたのだ。

いま一度繰り返す。無名時代の丹生雄武郎と共に印画紙に焼き付けられたこの女性こそ、彼が生前もっとも愛した作品『名もない女』の雛型である。

「あれは私が初めて描いた絵なのです」

萬井一郎のインタビューテキストで、雄武郎はそう語っていた。

これと同じ写真を雄武郎は持っていただろうか。いや、持っていなかっただろう。彼の死後、自宅からこの女性と思える写真は終《つい》ぞ発見されなかったからだ。

戦争によって引き裂かれた恋人の面影を、忘れ得ぬよう彼女の絵を描いた。丹生雄武郎にとって絵を描くということは、写真一葉すら手元になく、どんなに愛していようと記憶から薄れていく、愛する女の顔かたちを残す手段だったのではないだろうか。そしてそれがいつの間にか、彼が憎み、抹殺した人物を供養するための遺影へと変わったのではないか。

これが私の推論である。

雄武郎はシベリアに行っていなかった

話を雄武郎の度重なる経歴詐称へと戻そう。

なぜ彼はニューギニアのみならず、シベリア抑留という嘘の上塗りを重ねたのか。それはまるで子供の一度ついた嘘が積み重なり、気が付いたら自らの手に負えないものになっていくことに似ている。おそらくは清村と話し合い、欠落した自分の半生を埋め合わせたかったのではないか。ならば彼が語るシベリア体験記はどこで培ったものか。私は彼の軍歴詐称の源とも言うべき人物に会うことができた。

清水謙信（取材当時八十四歳）の証言。

「私は満州で終戦の報せを聞いたのち、他の軍人たちとともに貨車に詰め込まれ、シベリアで強制労働に就きました。第三十一地区チェレンホーボです。銃を肩から下げたロシア兵が見守るなか、朝から晩まで過酷な労働を四年間にわたって強いられました。ローム、鉄棒ですな。それを持って岩盤を削る作業は特に辛いものでした。一人一リューベ、一立方メートルというノルマがありました。食事はお粥《かゆ》と味噌汁。じゃが芋《カルトーシカ》が御馳走でした。黒パン一斤を与えられたときは、半分土で埋まった暗い部屋で蠟燭の明かりを頼りに、兵のみんなが私の手元を凝視するなか切り分けました。均等に二十等分しないと、今度はナイフをパン以外のものに使うことになりかねません。喰い物の恨みは実に恐ろしいです。

真冬のシベリアは零下三十度まで冷え込みます。日本と同じ地球の上とは思えません。朝、目が覚めると幕舎で戦友が凍死していることもありました。土が凍結しているため遺体を埋葬することも叶わず、表面を少し掘った場所に置き去りにしました。いま考えても可哀想で涙が止まりません。

……北川《きたかわ》鰤《かます》を育てる？　貴殿、私の話を聞いておったのですか。戦友の遺体を土に埋めることすら叶わぬほどの厳しい寒さですよ。川に生き物が棲んでいるとお思いですか？　確かに春になれば土から芽吹くものもあるが、シベリアから雪が無くなるのは六月と七月だけ。極寒ではない、というだけです。それにシベリアにいる間は常に食うものが不足していました。栄養失調で死んだ者も数知れません。パン屑さえ大切な命綱で、魚など見つけたらすぐに捕らえて、からっぽの胃袋に押し込むでしょう。カエルを餌にと言いますが、あれは貴重な食糧です。皮を剥いで焼くと淡白な白身が美味い。戦争を知らぬ者の発言ですな。いったいどこの嘘つきがそんな出鱈目を口走っているのですか。

『民宿雪国』のあるじ？　存じております。あの方とは長岡の温泉宿で知り合いました。同じ奈良県出身ということで親しくなったのです。うちのホテルで持て成しをさせて下さいと言うので一度伺ったことがあります。こう言っては何だが、あまりに古惚けた宿だったので驚きました。丹生さんは私のシベリア話に時折涙を浮かべながら、大変感慨深げに聞いていらっしゃいました。同郷から金は頂けないという言葉を本気にしたわけではありませんが、部屋を引き払うときにはサービス料までしっかりと取られました。

ふむ、確かに丹生さんから戦時中の話をお聞きしたことはありませんな。失礼だが陛下に命を捧げた経験などおありではないでしょう。あの時代を生きた者は、まず自分が陸軍か海軍か、何という部隊に所属して、どこの戦場に行ったかを挨拶代わりにするものです。しかし丹生さんは名乗られたことがない。まあ、こちらも武士の情けというか、深追いするのも失礼ですからな。ずいぶんと御無沙汰しておりますが丹生さんは御健在ですか」

雄武郎が清水氏の経験を拝借し、下敷きにしたという私の推論に異を唱える者はいないだろう。しかも雄武郎の場合、同じ挿話でも数が微妙に大きくなっているところに注目されたい。傍点を振った箇所を、135〜136ページにある萬井一郎のテキストと比較して頂きたい。

また、私が考証したところ、ソ連軍が終戦直後に急いで掻き集めたため、シベリアに抑留された日本人兵士は、主に満州とその周辺に駐留していた者たちである。地理的に考えて、ニューギニアにいて次に中国や満州に配属されていたならともかく、ニユーギニアからシベリアに直行されたサンプルは聞いたことがない。
ここでひとつの結論が導き出される。
雄武郎は社会的地位を利用して他国の女性を蹂躪してきた過去を隠蔽するため、占領下の朝鮮で悪事を働いてきた痕跡を闇に葬ろうとしたのではないか。
数多の朝鮮人女性を弄んできた雄武郎だが、置屋の朝鮮人女性には並々ならぬ思いを寄せていたことがわかる散文が残っている。三十七冊あるノートにおいて、ただ一枚貼り付けられたこのメモには、ハンシュエという女性に向けられた切々とした思いが綴られている。そこから看過できない一文をここに抜き出す。

「だから私（は）帰国以来、性交していない。それが私の心だ」

刮目《かつもく》すべきは次に続く一文である。

「やるのは漢のみなり」

第四章　丹生雄武郎が語る、「丹生雄武郎の真実」

筆者が「民宿雪国」に向かうと……

長くなったが、以上をもって背景説明《ブリーフィング》を終える。雄武郎の死後に発見された日記や証言などを掲載したため時間軸が行き来したが、ここからがこのルポルタージュの本編とする。これまで私が調べた事実や推論をいったん脇に置き、改めて丹生雄武郎の人生に隠された闇を解き明かすことにする。

二〇一二年八月九日、私は長岡駅を降りて急行バスを乗り継いだ。目的地はT町の海辺にある旅館だ。奇縁からそこに足を踏み入れたのは二十六年も前のことで、当時の私は出版社で週刊誌の記者として働き、性別も現在とは異なっていた。

一ヶ月前、私は丹生雄武郎に手紙を送り、インタビューをしたいと伝えた。

自分がむかしそこに宿泊したことや、交際していた人妻の夫に命を狙われたところを助けられ、夜が明けるまで自分の半生を聞いて頂いて、二重の意味で命を救ってもらったことを綴った。

自分はその後作家に転身し、手術をして、戸籍ともども男に生まれ変わった。丹生さんはその間、画家として世に出た。日本の画家でここまで世界的成功を収めた者は他になく、この国の百年後の教科書と紙幣には丹生雄武郎の作品が使用されていることでしょう。しかしながら、その経歴はあまりに多くの矛盾に満ちている。それを御本人の口からひとつひとつ解き明かして頂けないかと。

単刀直入の申し出に返答などないと予想していたが、雄武郎は快諾の返事を寄こした。達筆な手紙には、御足労だが「雪国」まで来て頂ければ、清村を抜きにしてお話ししましょうと書かれていた。その文面を見て私は背中が総毛立つ思いがした。なぜ四半世紀前に一度泊まっただけの男の不躾な問責に答えようというのか。真っ先に頭を駆け巡ったのは、雄武郎は自身の死期が近いことを悟っているのではないか。彼が特定の宗教団体に属しているかは知らないが、懺悔を伴った告白を済ませてからでないと天に召されないとでも考えているのではないか。それともそれは私の楽観的観測で、暖簾に腕押しの老獪なはぐらかしか、はたまた金銭での籠絡を狙っているのではないか。新幹線とバスに揺られている間、私のなかではいくつもの不安が行きつ戻りつしていた。

約束した昼下がりの時間、私が「雪国」に辿り着くと、クレーンやトラックなどの重機と無数のパトカーが取り囲んでいた。訊けば老朽化した「雪国」の立ち退き期限がこの日だという。私は膝から頽《くずお》れそうな思いがした。丹生雄武郎は船に乗り、逃亡を図ったというのだ。

およそ百時間後、海から帰還した雄武郎は衰弱していたため拘置所でなく病院に搬送された。彼は個室のベッドに無数のカテーテルで拘束されていた。両腕は重度の疲労骨折で、厚い包帯が巻かれていた。長時間にわたる小船の航海は彼から生きる力を奪い、まるで魂が抜けたように、老いさらばえた見てくれのみを置き去りにしていた。

傍らには清村氷がいた。これまでテレビや雑誌で何度か目にしていた。丸眼鏡に顎鬚、首の後ろでチョンマゲのように纏めた髪。小狡い商人と山師を掛けあわせた顔で、私と目が合うと襟元を摑んで恫喝してきた。

「貴様が雄武郎の経歴について取材を申し込んできた奴だな。雄武郎が許可を出しても俺が許さん。仲のいいマスコミを通せばおまえぐらい簡単に潰せるんだぞ。路頭に迷いたくなかったら今すぐここから出ていけ」

テレビや雑誌では「丹生雄武郎のスポークスマン」として文化人を気取り、「芸術ビジネス論」なる大ボラを吹いているが、周囲にカメラがなければヤクザまがいのいかさま師に戻る。奴の手首を捻り返したところ、「ぼ、暴力反対！」と、途端に平和主義者に転向した。そんな小競り合いを見兼ねてか、雄武郎が口を開いた。

「……清村、世話になったきみに最後のお願いがある。この人とふたりきりにさせてくれ」

その声はとてもか細いものだったが、強い意志を感じさせた。清村は弁護士に促されて、しぶしぶ部屋をあとにした。

それから彼は鬼籍に入るまでの三日間、時折休みを挟みつつ、私に問わず語りを続けた。

しかし私には一抹の不安があった。丹生雄武郎生前最後となるであろう取材の対話者が自分でいいのか。インタビューの約束を取り付けていたとはいえ、この状況に至っては反古《ほご》も致し方ないはずだ。私は率直に彼にその旨を伝えた。その問いに、雄武郎はゆっくりと頰を綻ばせた。

「あなたのことを、ずっと気にかけていました」

思っていたより、しっかりとした話し声だった。

「自分でもわかりません。手紙が届いたとき、私はやっとそのときが来たのだと思いました。これでやっと自分の欺瞞に満ちた人生に終止符を打つことができるのだと、祝福にも似た気持ちに包まれました。もう十年は前になりますか。新聞であなたの記事を読みました。『性転換した作家で初の受賞』という見出しが目に飛び込んでくる前に、髭を生やし、スーツを着たあなたの写真を一目見ただけで、あのときのお客さんだと直感しました。『この人とは必ずまた出会うことになる。次は私が自分の人生を話す番だ。そしてすべてのことに決着が付くだろう』。この予感の根拠がどこからくるものなのか、うまく説明することができません。しかし、やはりあなたは私のところにやってきた。あらかじめ決まっていた運命に導かれたように」

丹生雄武郎は無機質な天井の模様をしばらく眺めていたが、やがてひと呼吸ついてから話した。

「約束していたにもかかわらず、あなたを置いて海に出たことをお詫びします。役所の立ち退きから逃げるためにひとりで海に出たのではありません。私は連中を無視して居座るつもりでおりました。まずはそこから語らないといけませんな」

これ以後は私を呼んで口述筆記させた内容である。死期を悟った雄武郎は憑かれたように話し続け、私が口を挟む余地はなかった。先述の私が解き明かした事実とは異なる発言が頻出するし、ときに夢うつつの状態で話していたため、真実か否かはひとまず保留し、丹生雄武郎の「遺言」として全文を掲載する。

船に乗って逃亡するまで

あなた以外にもう一人、私が経歴を創作してきたことを知る人物がいました。萬井一郎です。あの男と初めて会ったのはもう二十年近く前のことになります。雑誌のインタビューを受けたのが縁で、彼は毎年あの宿に夫人と子供を連れて遊びに来ました。

一郎は私の作品のとても良き理解者でした。上官の前ではおべっかを使いながら、いないところでは悪口を言う軍人を大勢見てきたせいか、私は美辞麗句ばかり並べ立てる人間が嫌いです。憎んでいると言ってもいい。好き嫌いといった感情論ではなく、しっかりとした論理に基づいたものであれば、たとえ手厳しいものだとしても、それは悪口とは言いません。一郎にもあなたにも批評があります。耳触りのいい言葉ばかり並べて近づいてくる人間の扱いは清村に任せてきました。人間不信というか、そもそも人間を信じていないのでしょう。画家として名を成した後も、表舞台に出ることなく専念していたら、いつしか偶像視されていました。それも演出の一環だと思う人もいるかもしれません。しかしこれは自らの意図するところではありませんでした。

一郎は絵の技術に関しては詳しくありません。絵筆を執ったのは中学の授業が最後だと言っていました。それでも彼は実に的確な批評をしました。描いた私でさえ言われるまで気が付かなかった、絵に込めた主題やメッセージをズバリと指摘するのです。それは小気味良いほどで、他の人だと腹の立つ文句でも、彼のさっぱりとした口調で語られると、私は素直に彼の論評や苦言を受け入れることができました。

一郎と性的関係を持つようになったのは、ここ数年の間でしょうか。どちらから誘ったとか、彼に家族がいるとか、性別も大した問題ではありません。あなたならわかって頂けるでしょう。作り手とファンが自然と結ばれていっただけのことです。彼はひとりで「雪国」を訪れるようになり、私が絵を描いているのをそばで見たり、夜明けまで他愛のないおしゃべりをしたりと、普通の恋人たちと同じような親密な間柄を築いていました。

そして、あなたが「雪国」にいらっしゃる前夜に事件は起こりました。

「雄武郎さんって、もっと怖い人かと思ってた」

ことを終えた後、一郎は後ろから私を抱き締めると、豊潤な葡萄の実を食むように私の耳朶をそっと口に含みました。

「ねえ、初めて僕がここを訪れて、インタビューをしたときのことを覚えてる？　あのときは、まさかあなたとこんな風になるとは思わなかった。僕はひとつひとつあなたの言葉に頷いて、疑うことなどありえなかった。女子中学生が自分の好きなアイドルを人格的にも立派な人だと思い込むようなもんでさ」

神と崇めていた相手でも、肉の契りを交わすうち、どんな男女も言葉が気安くなるのはなぜでしょうか。

「でもそれはとんだ思い違いだった。雄武郎って、基本嘘つきだよね。車椅子の老人が、あれだけ腰を巧みに動かせたりさ」

一郎は一糸纏わぬ姿で夜具から抜け出すと、隠していたはずの日記を持ち出してきました。私が長年書き溜めてきたものです。一郎は私が寝静まった後に、こっそりと読み進めていたのでしょう。何十冊もあるノートを私に向かって放り投げました。

「あんたという男は本当に嘘つきだ。性根が腐っ<ruby>て</ruby>いる。この日記を読むとよくわかる。あんたは発言も作品も生き方も借り物だらけで、おまけに殺人鬼じゃないか。良心の呵責に耐えきれず、せめて日記には真実のみを綴っているなら救いがあるけれど、ここでも嘘で塗り固めている。

〝だから私（は）帰国以来、性交していない。それが私の心だ。やるのは漢のみなり〟ってこれは要するに、ハンシュエとかいう朝鮮人に操を立てて、それでもどうしてもひと肌恋しいときは男で我慢するって意味だろう。噓わせるなよ、雄武郎。あんたはいったい舌を何枚持っているんだ」

前触れもなく豹変し、一気呵成に捲し立てる一郎に気圧されて、私は身の危険を感じるほどでした。あの男は嚙み付かんばかりの勢いで、なおも速射砲のように言葉の礫《つぶて》をぶつけてきました。

「大むかしの話だ。あんたは『雪国』で働いていた男に、自分が手を付けて妊娠させた仲居を押し付けているじゃないか。そのくせ何食わぬ顔で仲人まで務めている。その男は東京に戻ってホテル王と呼ばれて、刑務所で人生の幕を閉じるまで、あんたが孕《はら》ませた赤ん坊を自分の子供と信じて疑わなかったんだぞ」

時間が止まったような気がしました。瞬時に私は理解しました。彼はこの告白をするためにこれまで私に近寄ってきた。萬井一郎はこの瞬間に人生のすべてを懸けているのだと。

そして彼は、次の瞬間切り札とも言うべき秘密を打ち明けました。

「あんたの子供は成長して結婚し、また子供を作った。それが僕さ」

私は衝動的に壁に飾られた銃を取ると、弾き金を引いていました。

（本当は話を遮って、雄武郎に訊ねたかった。

「その銃は私を殺そうと思って、用意していたものではないのですか」と。）

死に場所を求めて

私は船で逃げることにした。

一郎を殺してしまったことで私は完全に理性を喪失していました。彼の言うように、私はこれまで何人もの人間を殺めてきました。しかし今回の殺人は意味合いが異なります。ベテラン殺人犯の私も酷く動揺しました。それまで同様、遺体を裏庭に埋めるという冷静な対処法も浮かばず――彼が死ぬ直前遺した言葉が本当だとするなら――頭の吹き飛んだ孫を前にして、おろおろとうろたえるばかりでした。

「このままでは破滅へと導かれていく。そうなる前にハンシュエがいる国へ逃げよう。人生の幕切れを目前にして、せめてもう一度あの女に会わなければ、死んでも死にきれない」という思いが頭をもたげて、常軌を逸した行動へと突き動かされたのです。

　私はかつて座礁していた小船を隠し持っていました。十年ぐらい前のある朝のことです。大きさは全長七メートル、幅三メートルといったところでしょうか。四、五人も乗ればいっぱいの、辛うじてエンジンを装備しているだけの船が、民宿のすぐ真裏に位置する浜辺に難破していました。恐らくは本船に搭載されていた小型船艇かと思われます。なかには軍服を着た男が二人転がっていて、すでに息はありませんでした。銃器や火器、トランシーバーといった遺留品が一切なかったのは、自分たちが何者なのかわかるような物を、海に投げ捨ててきたからでしょう。

　これは工作船だと直感しました。数年前から能登半島や日向灘で、不審船が目撃される事件が相次いでいるのを新聞で読んでいましたから。夜明け前だったので迅速に遺体を裏庭に埋め、藪が鬱蒼と生い茂る地点にまで船を押し込んでからシートで覆いました。船を引き摺った砂地の跡は、波が綺麗に洗い流してくれました。

　なぜ船を隠して自分のものにしようとしたのか、私にもわかりません。露見しないかと一週間は心臓に悪い日々を過ごしました。しかし警察が訪ねてくることもなく、関連のありそうな事件が新聞に載ることもありませんでした。国は自らに都合の悪いことを秘密裏に処理する能力に長けています。もし私が名乗り出ていたら、彼らは巧みな口封じをしてきたことでしょう。

改めてその船を海岸まで引っ張り出しました。連中はこれをどこから乗り付けてきたのか。こんなに小型で頼りなさそうなエンジンでは、とても日本海を渡れるとは思えません。なのに私はそのとき、その小船で大海原に漕ぎ出そうと考えていたのです。海上保安庁の蜘蛛の巣のようなレーダーに引っ掛かれば最新鋭の巡視艇の追跡に遭い、警告の果てに射撃されるというのに。衝動だったとしか言いようがない。いや、あのときの私は、海に死に場所を求めようと、形を変えた自殺をする腹積もりだったのかもしれません。人生の最後に海で命を散らすのは、自分にふさわしいと思っていたのではないでしょうか。月の光に誘われて、私は航海に出ました。食糧さえ用意せぬまま、唯一の荷物は急いで梱包した『名もない女』だけでした。この絵のモデルになった女に見せたかったのです。「これはおまえを想って描いたものだよ」と。

海を見ると安らぐという人がいます。しかし、半世紀海べりで暮らした私には、そんな感傷は皆無でした。私はただの一度も海で泳いだことはなかった。靴を脱いで踝《くるぶし》を濡らすのがせいぜいだった。自分から勇んで海に足を踏み入れてはいけないと、ありもしない戒律を自分に強いてきたのです。

海を見るたび、いつも決まって私の心に思い出されるのは、トリュフォーの『大人は判ってくれない』です。ラストで主人公の少年は寄宿舎を抜け出して大海に辿り着く。それは行きどまりのメタファーです。あまりに巨大な絶望を前にして少年は立ち尽くす。あのときの彼の心を、我がことのように感じた私からすれば、「海を見ると安らぐ」など、唐人の寝言に過ぎません。私はいつも巨大な絶望と背中合わせでいたのだと思います。海について知る者は賢者だが、海について語る者は馬鹿です。私は常に賢者でいたかった。

蒼海を突き抜ける気分は爽快でした。

天測法も帆の張り方も、1ノットが何キロなのかもわかりません。近くて遠い国まで何万キロあるのか知らない。ただ闇雲に真っ直ぐ突き進むだけでした。無謀どころではない。まだドン・キホーテのほうが勝ち目があったでしょう。私が相対するのは、この世界の生きとし生けるものの母なのですから。

海征《ゆ》かば水漬《みづ》く屍《かばね》　山征かば草むす屍　大君の辺《へ》にこそ死なめ顧みはせじ

勇ましい時代の記憶が甦ってきて、気がつけば、軍歌を口ずさんでいました。

しかし、順調なのは序盤の数時間だけで、船はすぐに停止してしまいました。猛スピードで飛ばしていたのが突然スピンを起こし、コンパスで方角を確認するも針はぐらぐらと揺れるばかりで、唸りをあげていたエンジンも、うんともすんとも言わなくなりました。船の外装には大きな破損箇所など見当たりませんでしたから、やはりエンジンに問題があったようです。

全方位三六〇度、どこまでも青い水平線に包囲されたとき、私はこれまでわかったつもりでいながら、その実何もわかっていなかったのだと思いました。あのときようやく、『大人は判ってくれない』の主人公の絶望が理解できたのです。

慌てたところで仕方がありません。私はシガレットケースから煙草を取り出しました。シベリアに抑留されたとき、周りは日本人だけでなく、マジャール、ハンガリー人ですな、彼らも連行されていました。同じ収容所のゲルマン人捕虜が作ってくれたケースを六十年使っています。ありますか？　ああ、これです。人種を超えた友情の印に、私にくれたものです。ほら、裏に私の名前が。そうです。国籍や肌の色は違えど、あの苦しいシベリア生活を潜り抜けてきた戦友です。生真面目で、とても優しい青い目をしていました。彼が多くのユダヤ人を殺してきたとはとても信じられませんでした。むかしは金鵄《バット》や桜《チエリー》欲しさから、あわや殺し合いにまで発展したものです。終戦中は煙草が不足して隣組の配給になり、男一人につき六本と決まっていました。

戦直後は吸いがらを拾い集めたものでしたが、今の世の中では煙草を持ってるだけで犯罪者扱いですな。

絶海にひとりぼっちで煙草を吸っていたら、何とはなしに思い出されるのは遠いむかしのことでした。ここで私が海を渡って会いに行こうとした女性、ハンシュエについてお話し致しましょう。

『名もない女』のモデル、ハンシュエについて

私がニューギニアにいたとき、朝鮮人の女性と恋に落ちました。名前はハンシュエです。長い黒髪に、少し下がった目元。幻想的な美しさは、そうですな、東郷青児さんが描くような女性に似ていたかもしれません。彼女は親元から売られた慰安婦でした。

慰安婦は現地にいる婦女子の強姦防止であり、兵士たちの戦意を昂揚させる「必需品」でした。当時の日本兵で、彼女たちの存在に異議を唱える者などいません。日本人みんなが、あの戦争を、大東亜共栄圏拡大のための聖戦だと信じていました。あれは一部の軍が暴走したものでは断じてありません。女も子供も、日本国民全員が等しく望んだことです。敗れた途端に「あの戦争は間違っていた」と戦犯を探し、東條英

機らにA級戦犯の烙印を押して、自分たちは被害者側に回ったのです。先の大戦に従事した者として、これだけは強く言っておきたいと思います。戦後生まれの評論家が「あれは侵略戦争だった」と声高に非難しますが、あの時代、イギリスやフランスやオランダなどの諸外国は、自分たちの領土を広げることを、戦争における最大の目的としていました。それを事後法をもって、敗戦国に対して「あれはルール違反だった」と責め立てるのは如何なものか。私個人は憤りを覚えずにはいられません。

これも新聞で読んだのですが、従軍慰安婦——こんな言葉は当時ありませんでした——にさせられるため、それこそ犬猫を狩るようにして連れて来られたと語っていた老婆がいましたが、果たして本当でしょうか。

戦争とは何か。それは見渡すかぎりの死体の山や、血みどろでバラバラに吹き飛んだ肉片のことです。千人針のお守りも砕け散りました。あれを見たらこの世には神も仏もないのだとわかります。

明日にもあの無意味で不条理な山塊の一角になるやもしれないという恐れからいっとき逃れようと、男によっては国に残してきた妻や許嫁と思い重ねて交渉した者も多かったでしょう。擬似であることがわかっていても、恋人や母親を求めていたのです。これは時代や国に関係ないと思いますが、泣いて嫌がる女を無理やり犯すのが好きな男などごく稀です。たいていは心も通い合わせたいものです。あれだけの数の軍人がいれば、なかには騙されたり、首に縄を付けて連れて来られた女性も確かに存在するでしょう。慰安婦には日本人も中国人もいましたが、朝鮮人の女性が多かったのは事実です。「朝鮮人は儒教のお国柄で貞操観念が強い。家族の絆も堅いので、親がわが娘を売るわけがない」と主張する方が多いけれども、では韓国には、現在も風俗店が一つもないのでしょうか。売春婦がひとりもいないのでしょうか。これは論点のすり替えではありません。少なくとも、ニューギニアで私のいた地域は、自分の意思でやって来た女性がほとんどであり、季節の折々には兵士と慰安婦合同で、運動会を開くといった交流もありました。

しかし、決してその輪のなかに溶け込もうとしない女がいました。ハンシュエでした。

私たちの村には慰安婦が二十人ぐらいいたでしょうか。様々なタイプの女性がいましたが、みな気性が優しく、働き者でした。軍医が毎週花柳病の検査をするのですが、「生理《日の丸》が遅れてるぞ。身体の調子が悪いんじゃないか」と訊かれても、奥に紙を詰めて忠勤に励む女性もいました。しかしその女も戦後になると「日本軍に休みも与えられず働かされた」と訴えたのでしょうな。すべては戦争に負けたのが悪いのです。

慰安所の正面には日章旗に「皇軍萬歳　第三慰安所　櫻樓」の大きな文字、軍人に向けられた心得、慰安婦の出欠を示す木札が掛かっています。煉瓦造りの四畳半はカーテンで仕切られて、部屋のなかは莫蓙と薄い布団のみ。もちろんシャワーなどありません。ショートで二円。泊まりで十円だったと記憶しています。個人差はあるでしょうが、行為はだいたい五分から十分で終わります。後が閊《つか》えてますしな。男も女もことを終えると、洗面器に入った水であれを洗います。中身はクレゾールでした。避妊具――軍医や病院関係者は衛生具、私たちの間では鉄兜、突撃一番などと呼んでいました――を装着するよう義務づけられていましたが、あるとき朝鮮人女性が大尉の子供を孕んでいることが判明しました。外聞が悪いので堕胎することが決まり、女は大きな設備のある病院へ連れて行かれ、それきり戻ってはきませんでした。新垣という大尉に御咎めはありませんでした。その女を好いていた兵士の間では、新垣は相当恨まれていたと思います。日本軍は他国に比べて規律が厳しく、統率が取れていましたが、そういう悪い軍人もいたことは否定しません。

ハンシュエはその朝鮮人女性の妹でした。色白で、愁いがあって、いかにも薄倖な佳人でした。私以外にも好意を寄せていた兵士は多かったでしょう。それは、彼女の

「職場」に飾られた花やピカピカに光る貝殻の数でわかりました。海沿いに遠征があれば貝殻を拾ってきて、彼女の御機嫌を取ろうとするライバルに敵愾心を燃やしたものです。私も休憩時間に熱帯地特有の赤い花を摘んで、それを首飾りにしてプレゼントしたことがあります。

それでも、ハンシュエからすれば日本軍への敵意や警戒心は解けなかったでしょう。そもそも貧しい家から売り飛ばされた彼女は、親に見捨てられた事実を受け入れ難く、根本的な人間不信があったはずです。私がハンシュエの心を摑むためにしたこと――。それは、彼女に指一本触れないことでした。私は泊まりでもハンシュエを抱くことなく、片言の日本語の彼女と、身振り手振りを交えて、朝が来るまで語らいました。

私の行いに対して、初めのうちは訝っていたハンシュエも、次第に私のまごころを汲みとってくれたようです。少しずつ自分のことを話してくれました。冬には一面の銀世界に包まれる海沿いの村で育ったそうです。ハンシュエの家は旅宿でした。兄弟が八人と多かったとはいえ、親はなぜこんなにいい娘を手放したのか、私には疑問でしたが、それは彼女の口から語られました。

「アタイが十一サイノ時テシタ。泊マリ客ニ……嫌カッタケド、タメ。タメデシタ」

〝穢れ〟という考えが亜細亜特有のものなのか、世界中に共通するものなのかはわかりませんが、生娘でなくなったハンシュエを父親は許しませんでした。一方的に彼女を罵り、おぶっていた弟を奪い、ご飯も満足に与えなくなったのです。そして業者に売り飛ばす際、ハンシュエを不憫に思った姉が彼女とともに、はるばる南の島へ渡ってきたのです。

「帰ラナイ……アボジ、嫌」

絞り出した声とともに、彼女の柔らかな頬をはらはらと涙が伝う。慰めの言葉など無意味に思えました。私の口から出たのは、彼女に負けず劣らず哀れな、自らの境遇話でした。

「私も父親と兄から苛められて育ったんだ」

私の話を聞き終えると、ハンシュエは私に抱きついて、

「カワイソ、カワイソネ」

と、いつまでも頭を撫でてくれました。

どうして私はハンシュエに魅かれたのでしょう。彼女が美しかったという理由の他に、細かい状況こそ違えど、日本人の性奴隷として扱われていた母親の姿を重ね合わせたのかもしれません。

私はこれだけは黙っていようと思っていた秘密をハンシュエに打ち明けました。

「実はな、私の母親も、お前と同じ朝鮮人だったんだ」

戸籍上は日本人ですし、私は父親似でしたから疑われたことはなかったのですが、もし母親が朝鮮人だと知れたらただでは済みません。無口な兵士がいたのですが、「五十円」、「うどん」と言わされたところ見破られて、リンチに遭って殺されてしまいました。その兵士は戦死扱いとなり、国元の親御さんに恩給が払われたとのことです。

ハンシュエは私の告白に驚きを隠せませんでした。

「私がずっと小さかった頃、お母さんに聞いたことがあるんだ。生まれた場所や、どんな子供だったかを。ハンシュエと同じようなことを言っていた。海っぺりにある、寒いところで育ったそうだ。道には雪が降り積もるのに、海にはひらひらと融けて消えていくのを、子供心にも不思議な気持ちで見ていたそうだ。私は暖かい国に生まれたから想像もつかなくてね。まるで生まれ変わる前の話を聞くように、お母さんに昔話をせがんだよ。

お母さんは朝鮮人であることを周りには黙っていた。そう、ヒミツ。家のなかでも、お母さんが本当は日本人ではないことは絶対に言ってはいけないことだった。それでも僕がお願いをするから、一緒に眠るときに、子守唄代わりに話してくれた。

『お母さんはね、十八歳の時、小さな兄弟が多くて、自分から家を出た。言葉もわからない国にひとりで行くのは心細くて仕方がなかった。だけど、日本に最初に来たところが、生まれ育った村にとてもよく似ていてね。林や田んぼ、土の道に牛の鳴き声も、人の顔まで同じだった。なんだ、日本は鬼ばかりで怖いところだと教えられて来たけれど、ここに住んでいる人たちも、そんなにむかしでもないむかし、わたしの生まれた国から来たんだろうなあ。そう思ったら寂しくなくなったよ。周りはいい人が多くて、よくしてもらった。このおうちに来るときは悲しかった。親兄弟から離れるときより、わんわん泣いてしまったよ。新潟県長岡市T町、お母さんの、日本のふるさと』。

そう言っていた。ハンシュエ、帰る家がなくても大丈夫だよ。おまえにもいつか、帰る場所が見つかるよ」

そう言うと、ハンシュエは大声をあげて泣きました。

「オ母サン、名前、何テイイマスカ」

「丹生家に嫁ぐ前はわからん。下の名前は吉子だ」

「吉子？　キルジャ、読ミマス」

「朝鮮ではそう読むのか。知らなかったな。ハンシュエはどう書くんだ」

彼女は空に指で字を書いて、説明しました。

「大韓国《テハングク》ノ韓《ハン》ニ、雪《シュエ》デス」

「韓国の雪？……雪の韓国か、いい名前だな」

私は思わず椅子から立ち上がり、雄武郎の話を遮った。

「それが……それがあの民宿の名の由来なのですか」

看護婦がやってきて、きょうはここまでにして下さいと止めに入った。雄武郎は、いや、いいんですと皺だらけの手で制した。

「残り時間が、もうありませんから」

国は日本人と朝鮮人による内鮮結婚を奨励していましたが、実際の数は少ないものでした。私は軍人、ハンシュエは慰安婦。結ばれるには障害が多すぎた。私たちは写真を撮ることにしました。朝鮮ではお祝いに写真を撮る文化があるとハンシュエから聞いたからです。

「綺麗なおまえの姿を、いつの日か子供たちに見せてあげよう」

ハンシュエは心から喜んでいました。私は後にも先にも、あれほど輝いた人の笑顔を見たことがありません。彼女は禁じられていた民族衣装を用意しました。軍人と女性が一枚の写真に収まることは日本でもありえません。しかし私は、ハンシュエと永遠を刻みたかった。日頃から日本人に取り入るのが巧い写真館主に、内密にするよう金を握らせました。

「雄武郎さん、率直にお訊きします。写真はニューギニアではなく、併合した朝鮮で撮影したのではないですか？　あなたは終戦後シベリアになど行っていない。朝鮮で敗戦の報を聞き、ほとんどの兵士が争うように日本へ帰還した後も、あなたは国籍や身分を偽って彼の地に踏み止まった。それは生き別れとなったハンシュエを捜すためではないですか。二年間血眼になって捜したけれど見つからず、あきらめて帰国したのでしょう？」

雄武郎が咳き込むと、シーツを黒い血で汚した。血相を変えた看護婦が医師を呼んだ。

私はいったん宿に帰って仮眠を取ってから、病室に戻って通路で待機した。雄武郎が小康状態に戻るのを、じりじりしながら待ち続けた。

極限の恐怖

昨日はどこまで話しましたか。そうでした、ハンシュエと写真を撮るところまででしたな。

「戦場の疲労は慰安婦を通して癒さなければならない」と日頃から公言している軍人がいました。あの新垣です。あるとき、彼奴が私を呼び出しました。

「本土で勝利を祈願している国民がひとしく耐え忍んでいるこの非常時に、よりにもよって鮮人と所帯を持ち、あろうことか菊の御紋章を背景にした写真を撮るという、日本軍人の風上にも置けない不届き者がいる！」

写真館のあるじが垂れこんだな、と私は思いました。いくら弁明しても許すような相手ではありません。私は監房に投獄され、彼奴からあらん限りの暴行を喰らいました。幼い頃から父や兄に手酷い仕打ちを受けてきた私も、痛みを友にすることはできません。私は失神を繰り返し、何度も絶命寸前までいきました。このときのことを詳しくお話しすることはできません。私のなかで未だ受け入れ難い屈辱だからです。ひとつ言えるのは、このときの経験は、その後私が加害者側に回ったとき、大変役に立ったということです。

「貴様、よくも俺を欺いたな。朝鮮人と日本人が同じだと？　天皇の赤子である我々が、鮮人のおまえらと一視同仁《いっしどうじん》なわけがないだろう！　鮮人は嘘つきで下等な生き物だ。それを我が誇り高き日本軍人と等しくするなど、愚弄するのも大概にせんかっ」

見つからぬようポケットに隠していた写真を奪われ、目の前で火を付けて燃やされました。新垣は私の頭を踏み付けながらこう言いました。

「楽しみにしておれ。上官に陳情して、貴様を最前線に送り込んでやる」

しかし、新垣の申し出が通ることはありませんでした。直後ニューギニアに日本敗北の報せが届いたのです。誰もが信じられずにいました。本土では天皇自らが降伏を宣言したというのです。絶対にありえないことでした。正義が負けるなんて、この世はもうお終いだと思いました。

そのうち恐ろしい話が飛び込んできました。鬼畜米英たるオーストラリア軍が島を奪回しに来る前に、大将から少尉までの上官が、自分たちの理不尽な行いを知る部下を軍事裁判にかけて処刑するというのです。そしてその死体を……。

すいません、水を一杯頂けますか。

確かに、以前より戦局は悪化する一方で、半年前に食糧を積んだ輸送艦が撃沈されていました。しかし、戦争が終わったというのに、腹が減ってひもじいとはいえ、そんな非人間的な行為が許されるのでしょうか。戦場とは人間の狂気が最大限に発揮される場所です。軍法会議は一分で終了し、銃殺刑が決まりました。即座に目隠しをされ、後ろ手に縛られて刑場に連行されていくまで、わずかの間だったと思います。いや、永い時間だったかもしれません。何を考えていたのか、何も考えられなかったのか。ハンシュエの名前を泣き叫んでいたのか、空蟬《うつせみ》のように放心していたのか。構えという声がしたはずです。あとひと声で私の魂は肉体から零れる。永遠と瞬間が交錯しました。

誰かが当て布を取りました。外人でした。白人兵がその場を包囲していて、私は助かったのです。

私はあのとき、極限の恐怖を体感しました。あれから六十年以上が経過しましたが、私の心には今でも戦場があります。人間は普段、平和を謳歌し、文化的な生活を享受しても、戦争という状況に置かれれば、どんな悪事、愚挙、蛮行をも犯せるのです。そして、やるせないことに、私のなかでは、まだ戦争は終わっていません。

日本に帰還すると、私がまず初めにしたのは、新垣を捜し出すことでした。

彼は故郷に帰って、家業を継いでいました。町内では評判の家族思いで通っていました。

「私の出自をあんたに告発したのは誰だ」

夜道を不意打ちして、私はニューギニアで新垣から与えられた責め苦を、そのまま彼奴に返しました。新垣は息の根が止まる前に、私がこの世でいちばん愛する人の名を呟きました。お笑いください。それまで私は彼女が密告したなど、一顧だにしたことがなかったのです。

あのときの、ハンシュエの顔が目の奥に浮かびました。

「本当、テスカ」

私はハンシュエの手を取りました。

「もちろんだ。戦争が終わったら一緒に暮らそう。私のお母さんの日本のふるさとが、おまえの生まれ育った村とよく似ている。海があって冬にはたくさんの雪が降る。そこで旅宿を作ろうじゃないか」

「ワタシミタイナ女郎ガ、イジメラレマセンカ」

「ハンシュエを全力で守る。おまえの祖国だと思ってくれ。実はね、もう宿の名前も決めてあるんだ」

彼女にその名を話すと、涙を流しながら喜んでくれました。

「カムサムニダ、カムサムニダ、サランヘヨ」

それが最後の逢瀬でした。ハンシュエと会ったのはたったの三回です。情が移って軍部機密を漏らすことのないよう、ひと月に二度、同じ慰安婦と遊ぶことは禁じられていましたから。ハンシュエには、最後まで私が結婚していることは黙っていました。彼女に嘘をついたままなのが、私の心残りです。

「貴様はハンシュエと愉しんだのか」

新垣は、私の反応を見て怯えていました。

「本当のことを言え。俺は嘘が嫌いだ。正直に言えば命だけは許してやる」

彼奴の口癖は「日本軍人」でした。夜郎自大が好んで用いたがる、判で押したような決まり文句です。百年早く生まれていたら、「侍」か「武士」を常套句にしていたのでしょう。だから私は彼奴を男では無くすことにしました。

「肉体がそのような状態になっても、まだ男を名乗っていられるか、試してやろう」

あれが初めての殺しでした。私のなかで戦争が甦り、復讐はいつしか快楽へと変わった。

その後も「私の出自を密告した真犯人を白状させる」という大義名分を掲げて、人殺しを心ゆくまで堪能できるよう、「民宿雪国」に地下室を作り、次々と軍の上官たちを招きました。連中はこれまでの行いを悔い改めた。戦場ではあれほど勇ましかったくせに、からきし意気地がなくなっていた。この通りだ、悪かったと、ひいひい泣いてばかりで、こちらが情けなくなるほどでした。人間の泣き顔はどれも似たようなものだなというのが、私の発見でした。二十人を超えたあたりからは、もう数えるのをやめにしました。

いつしか拷問は悦びに変わっていき、私はここまで来たようなものです。絵が描けなくなると、その日会ったばかりの者さえ手にかけました。人を殺めるとしばらくは心が休まって、いい人でいられた。周りの者が私を人格者と呼ぶ理由に、そうしたストレス解消法があったからです。私が画家として成功を収めたのは、戦争体験と殺人のおかげです。

私は死ぬまでT町を離れなかった。小旅行にも出かけなかった。いつハンシュエが「雪国」を訪ねてくるかわからないからです。せっかく「雪国」の扉を叩いたときに私がいなかったら、彼女が寂しがると思いました。ですから以前、うちの使用人だった男が東京のホテルに来てくれと誘ったときも、重い腰を上げなかった。しかし、もし村岡伊平治（著者注：明治生まれの稀代の女衒《ぜげん》。女を売り飛ばした数は数万人にも上ると言われる）の墓の在りかがわかったら、私はたとえ奴がハンシュエをさらった当事者ではないと知りつつも、世界の果てまで行って奴の墓を掘り起こしたでしょう。

（ここで一時休憩）

消えた金の行く先

そうでしたな、海で立ち往生したところから、ずいぶんと脇道に逸れてしまいました。

私はエンジンの止まった小船の上で、青海原を眺めていました。

「人は生まれ、苦しんで死ぬ。人生の要点はそれでつきている」

誰も聞いていないというのに、正宗白鳥の名言を呟いていました。

名前を聞けば誰もが知っている九十八歳まで生きたある大家は、亡くなる数年前に白洲正子にこんなことを言っています。

「私はこの頃、寝ていても起きていてもよく夢を見るんだが、夢のなかに今まで見たことのないような美しい景色が現われる。美しい色が見える。だから私はもう絵を描くことは要らないんだ」

私はまだそんな境地に到達していない。

いつか夜は静かに明けていき、濃い霧が視界を塞《ふさ》ぎました。

（この後、一時的に意識が混濁。以後は文章を整理したことを御了承頂きたい）

……どうなのでしょう。人は死ぬ間際に走馬灯のごとく一生を回顧すると言いますが、こうして数奇《さっき》な人生を振り返るのは、やっぱり死期が近いのでしょうな……。

妻の遺骨を抱いて泣き崩れたとき、私の胸に去来していたものは、名の付けようのない安堵ではなかったか。……これでハンシュエが日本に来ても何ら障害はなくなった、と。

……公平が死んだと聞かされたとき、私の胸に去来したものは、絶望と安堵だった。「あんないい子が自分より先に死んでしまった」という悲嘆と……「私の遺伝子を継承した者がこの世から消えてくれた」……「私の辱めを受けた愛児が、誰にも漏らすことなくふたりの秘め事を墓場まで持っていってくれた」……

もうずっと昔になるが、ワシの息子が死んだ後、友達だと名乗る男がやってきた。即座に詐欺師だと看破した。……この男も犯した。私にこのような悪癖を植え付けたのは、他ならぬ作之助だった。……

……連中の目の前で、飛んで見せた。闇市時代に使った、他愛のない集団催眠を使って……。

お迎えはなかなか来なかった。性が偏っているほうが長生きするようだ。

（この後、数時間にわたって人事不省）

……どうせハンシュエは来ない。もうやめよう、店を畳もうと観念したが、「恥ずかしながら生き永らえて」と、終戦から二十七年が経って姿を現わした男に勇気づけられ、あともう少しだけ待とうと決めた。……ハンシュエに誓ったから、看板を下ろさなかった。しかし、現実は、その宿に累々たる屍を築いてきた。……

海の絵ばかり描いてきた。この海はハンシュエのいる海に通じている。いつか、自分から迎えに行こう。人生の最期のときに。……

……私はハンシュエが現われるのを待った。そのうち声が聞こえてきて、私をあるべき場所まで導いてくれる。しかしことはそう都合良く行くだろうか。

なぜなら、ハンシュエはもう死んでいるのだから。……

医師は清村を呼び、今夜が山場であることを伝えた。だが雄武郎は奇跡的に持ち直し、対話を再開した。私は彼に、ハンシュエさんは亡くなったのですかと訊ねたところ、彼は静かに話し出した。すでに両目は黄色く濁り、眼窩に深く沈んでいた。

ありを金をすべて北に寄付した。ハンシュエの消息を捜索してもらうためだった。

「あと三十億払え。村の人間を虱潰しに聴取するには費用が嵩むのだ」

言われるがままに送金した。途方もない金額が湯水の如く乱費された。どうせあの親子の権威を利用して、特権生活を送る者たちが蕩尽したのだろう。それでも構わなかった。私の目的は、貧しき者たちを救済するためではなかったのだから。

あるとき、成果のない返事が続いて、私の堪忍袋の緒が切れた。

もう限界だ、貴様らはワシを打ち出の小槌だとでも思っているのか！

連中は宣った。

「偉大なる将軍様の肖像画を描け。そうすれば必ず見つけてやる」

私の頭はおかしくなっていた。絵を送ろうとしたが清村に感づかれ、目の前で破られた。

韓国から一通の文書が届いた。政府の諜報機関に在籍するAは、私が北朝鮮から身ぐるみを剝がれたことを聞きつけ独自に調査し、報告書を送ってきた。Aは両親を日本兵に殺されたそうだが、「尊敬する貴方と、貴方の国籍は関係がないから」と書いていた。

その調書には、ハンシュエは終戦後まもなく死亡したと記載されていた。一九四六年二月、米軍の捕虜収容所で日本軍とともに捕縛された後、ハンシュエは米軍の性処理奴隷として活用された。ある夜酔っ払った兵士たちが休日の彼女を戸外に引き摺り出して辱めた。相手が慰安婦と言えど人権を無視し、決まった時間と場所以外で性交するのは軍法違反である。事件が明るみに出ることを恐れた連中は、ハンシュエを生きたまま燃やした。遺体は現在も見つかっていないが、複数の目撃者による証言が一致するため、疑いのない事実であることは保証すると、末尾に付け加えていた。

私はその文書に火を付けると、残灰を足で踏みつけて、その夜はいつもより早く眠った。

翌日、どこから聞き付けたのか、北の使いが「南の虚偽情報《デマゴギー》に惑わされるな。これからも偉大なる将軍様に忠誠を誓え」とわざわざ言いに訪れたので、犯してから殺してやった。奴の肖像画も描いた。『寒い国から帰ったスパイ』という絵がそれだ。

丹生雄武郎、最後の日

この日の話はここで終了した。

以降は二〇一二年八月十五日、丹生雄武郎、生前最後の日である。その日は朝から晴天に恵まれ、白い入道雲が青い空をゆっくりと流れていった。何の事件も起こりそうにない、平和な一日の始まりだった。両目の視力は完全に失われていたが、雄武郎は病室に入ってきた私を気配で察すると、古い友人と再会したような、優しさを湛えた眼差しで迎えた。私は悟った。きょうでやっとこの人は永すぎた苦しみから解放されるのだと。

海の上でひとり、際限のない自問自答を繰り返しました。

もしハンシュエが帰ってくるなら、画家として得た名誉をすべて放棄できるか。これは容易い。自分は死んでもいいか。これもまた厭わない。もう一度息子が死ぬのは。やや躊躇うが、答えはやはり同じだ。ならばこれまで描いた絵を一枚残らず燃やすのは——? 答えは出ない。そして私は気づく。こんな問い掛けはすべて無意味であることを。

いつまでも小船の上で佇んでいた。重たく垂れ込めた雨雲と、荒波のうねりが幾十条となって押し寄せた。海面は必要以上の白さを持って暗い夜の上で光り、波は最上の造形美を見せ、次の瞬間には消えて無くなった。海鳴りに囲まれて、北東風《ならい》が吹き荒び、三角波が衝突する。飛沫が砕け散り、海の形相が変わっていく。

遠い海の向こうから身の丈の数倍もある津波がやってきた。これが船乗りたちの言うきちがい波というやつか。あたかも銛《もり》を打ち込まれた巨大な白鯨が海のすべてを呑み込まんとするように、私は巨浪に翻弄された。『名もない女』は船の外に投げ出されてしまった。あまりの波力に船は転覆し、バリバリと大きな音を立てて解体した。波はなおも覆い被さり、破壊音も呑み込んだ。

ほどなくして時化《しけ》は去った。さっきまで暴風雨があったとは思えないほど海は穏やかで、どこにも爪痕を残さなかった。舵板にしがみつきながら漂流する私を除いては。

カンカン照りが続いた。頭上をカモメが旋回する。ずっとひとりのため忘れていたが、広い海には当然、自分以外の生き物がいる。……たとえばサメとか。そう考えたら、下半身だけ海水に浸かったまま一睡もできなくなった。同じ体勢のまま太陽を二回見た。ふやけた私は、年老いて総入れ歯のサメでも食べやすかろうと思った。喉の渇きは極限を通り越し、我慢しきれず海水で口を漱《すす》いだら、さらなる渇きに幾度か失神した。目を覚まして、それでも板切れから手を離さぬまま生きている自分を恨んだ。

空の彼方から雨音が先にやってきた。スコールが降ってくる。ありがたい。甘露の恵みだ。しかし今度はそのどしゃ降りがいつまでも続いた。大粒の雨に打たれながら、どうにでもしてくれと目を閉じた。「死は戦場より病院のベッドのほうが暗くて惨たらしい」というが、長い時間をかけて精神的苦痛を味わわされるなら、死はやはり等しく同等だった。青い空と白い海。自然はどこまで行っても逃れられない、息ぐるしい檻なのだと知った。

そうした思惑とともに遭難したまま、また夜がやってきた。

自分の指先も見失い、意識だけが暗闇の猫の目のように爛々と研ぎ澄まされていく。

丹生家は丹生川上神社の末裔だという、作之助の言葉を思い出していた。

「御先祖様は神官として蒙古を撃退した。ワシには神霊が付いて下さる。必ずやこの戦さも華々しい勝利を収めるに相違ない」

およそ一三〇〇年前、「人聲の聞こえざる深山吉野の丹生川上に我が宮柱を立てて敬祀《いつきまつ》らば天下のために甘雨を降らし霖雨を止めむ」という御神教を受け、天武天皇が創祀したのが丹生川上神社だ。それ以降、水一切を司る水利の神、雨の神として信仰されてきた。しかし一四六七年の応仁の乱で所在地が不明となった。戦火に巻き込まれて灰燼に帰したのだろう。現在ある神社は明治の終わりに再建したものだ。

歴史を遡れば、神武天皇が長髄彦《ながすねひこ》と切り結ぶ直前、丹生川上において戦勝祈願を神祇敬祭したことが発端となる。昭和十五年に日本は皇紀二六〇〇年を奉祝したが、これを起源としている。『日本書紀』によると、神武天皇はこう祈念したという。

「吾れ今当に厳瓮《いつへ》を以て丹生の川に沈めむ。如し魚《も》大小《おほきなるちひさき》と無く、悉《ことごと》く酔ひて流れむこと、譬へば猶柀葉《まきのは》の浮くが如くならば、吾れ必ず能く此の国を定めてむ。如し其れ爾《しか》らずば、終《はた》して成る所無けむ」

神霊の光助を受けた神武天皇は覇者となり、即位をなした。

（混濁状態に陥り、医師が危篤状態を告げるが一時間後に意識が回復する）

私のこれまでの口振りからすれば、天皇を嫌悪しているように思われたかもしれないが、その制度自体を私は否定しません。日本とは天皇のことだと思います。にもかかわらず、神官の地位にありながら天皇を生み出したとも言うべき聖地を焼失させてしまった責任はあまりに重く、取り返しがつかない。それ以降、丹生一族は神武天皇から解けない呪いをかけられました。先祖は海神の怒りを買ったがゆえに、生まれてこの方丹生家は破滅的な不幸に苛まれている。私がこの世に生まれたこと自体が間違いだったのだ……！

揺蕩《たゆた》いながら私は、自らが殺め、そして絵に遺した者たちを数えあげた。彼らの顔をひとりひとり思い浮かべていたら、むかし読んだ著名な作家が書いた小説のことを想起した。

「おまえは海で殺さない」

風の神に呪われたヨット乗りに神託が下る。それ以後二十年という歳月をかけて、彼と海を共にした友人たちが次々と死んでいく。ある者は大波に呑み込まれ、またある者は不治の病に。そしてまた別の者には廃人としての定めが降り懸かる。最後の友人を見送った葬儀の帰り道、主人公は風の神と再会する。この物語は次の一節で締め括られる。

「海鳴りの中に、失われていった者たちを悼んで鳴る遠い暗礁の鐘の声を私は聞いていた」

その一節を死にそうなぐらい理解できた。

「死、死などありはしない。ただ、この俺だけが死んでいくのだ」

不意に憫笑が込み上げた。およそこの期に及んでも、引用なしに生命の危機を語れない自分を。なぜこんな受難に遭うのか。自分の船より巨大なマカジキを釣ったわけでもないのに（著者注：ヘミングウェイの『老人と海』のことと思われる）。あの老人は必死に闘った。闘わなければ生は輝きを放たない。私は闘ったことがあっただろうか。葬ってきただけではなかったか。私は生きようと思ったことはない。私は生きたくて生きているのではない。生まれたくて生まれたのではない。理由があって長生きをするわけではない。無駄な一生。空くじを握りしめたまま死んでいく。そしてそれは、私だけではないとしても。

泡の縞が変わる。次の颶風《ぐふう》が近付いていた。いまさら板きれを手放したところで、無残な落命から逃れるには遅すぎた。死を覚悟した瞬間、何の前触れもなく私に囁く声がした。

──私と闘え、呪いを解け──

私はまざまざと覚醒する。海よ、なぜおまえは私に力をくれるのか。

暴風雨の後ろを追いかけてくるように、ここ数日最大の瞬間風速が突き上げる。私は一瞬にこれまでの人生すべてを懸けた。北斎の「富嶽三十六景」のひとつ、『神奈川沖浪裏』に描かれたような大波と正面からぶつかるが、力ずくで蹂躙され、錐揉み式で攪拌されながら、海底まで真っ逆さまに沈んでいった。ほんの瞬間だが、すべての生きとし生けるものと火花を散らした。終わったのだ。何もかも。私はさらに深いところへと落ちていった。

ところが、私の身体はどんどん浮上していった。何かが私の身体を掬いあげていた。

あの北川鮊だった。そんなことがあるはずはなかった。

北川鮊が棲息するのはシベリア、北米、ヨーロッパといった北半球の高緯度であり、日本にはコレクターを除けば観賞用として水槽で飼われているもの以外はない。しかも淡水魚なので日本海に棲めるはずもない。しかし、北ヨーロッパでは汽水ということもあって棲息するものが種によってはあると聞いたことはある。

私は北川鮊の背におぶさったまま大いなる愛に抱かれていた。まるで勝負の後の安らぎのように。人間として回復していくのが手で摑めるほどだった。亀の背中に乗った浦島太郎の気持ちは、あんな感じだったのかもしれない。水面まで還って呼吸を取り戻すと、ホッとしたと同時に気を失った。目を覚ますと、北川鮊の背に乗っていたはずなのに、紙包みの荷物にしがみついていた。それは台風の海に放り出された『名もない女』だった。

ようやく雨が止んで、夕焼けを連れてきた。私は壮絶な美を描いた一枚の絵のなかにいた。一度も行くことのなかった、憧れのフランスの絵画かと思ったが違う。そうだ、私が描いた『海神八景』だ。大空が曇り、嵐を呼ぶが、やがて平和が訪れる。人生は照り降りのようなもの。そうか、私は自らの生死を予言していたらしい。大海原に虹がかかる。子供の頃、他の子たちより長く眺めていた夕焼け空が目の前にあった。だが子供の頃に見た夕焼けとは明らかに違う。今のそれは海を真っ赤なものに染め上げている。愚図ついた雲行きは爽やかな好天を招き、遠い岬まで晴れていく。

人生は素晴らしい。それは闘った者だけが口にする資格がある。

海辺にはパトカーが待機して、いくつもサイレンが木霊《こだま》していた。それが私にはファンファーレに聞こえた。これからは、本当に生きよう。そう思った。

『借り物の人生《イミテーション・オブ・ライフ》——丹生雄武郎正伝』

完

エピローグ

二〇一二年八月十五日、丹生雄武郎は多くの謎を残したまま逝った。テレビはニュース速報に切り替わり、街には「日本画壇の巨星墜つ」の号外が配られた。政府は雄武郎に国民栄誉賞を贈賞し、彼の誕生日（二月十日）を「芸術の日」として休日に制定することを発表した。

「民宿雪国」は遺体発掘の調査を終えた後、事件は清村の手によって揉み消され、丹生雄武郎美術館として保存されることが決まった。

慰安婦問題を大ごとにしたくない一部の国会議員が陰で動いたのだが、このルポで明らかにした今、私は身を隠すことにした。ちなみに雄武郎の養子に入っていた清村には、今後、数千億円規模の遺産が転がり込むものと予測される。

生前ただの一枚も自画像を発表しなかった雄武郎だが、彼と思しき男と『名もなき女』によく似た女性が描かれた作品が発見された。絵のなかの二人は、この世の苦しみとは無縁のような微笑を湛えていた。キャンバスの裏には、『ありふれた恋人たち』と刻まれていた。

新宿御苑で執り行われた国葬には二十万人が参列した。火葬場の煙突から立ち昇る気体を仰ぎ見つつ、雄武郎は今頃ハンシュエに会えただろうかと考えた。

丹生雄武郎を語るのに、画家の肩書きは必要ない。寂れた民宿のあるじでもないし、戦争の被害者でもない。愛する者と生涯結ばれることのなかった、名もない男。それが丹生雄武郎を語るのに、もっとも相応しい肖像ではないだろうか。

（矢島博美）

【引用文献一覧】

『人間臨終図巻』山田風太郎（徳間書店）、『異母兄弟』田宮虎彦（『日本現代文学全集』講談社）、『日本書紀　全現代語訳』宇治谷孟（講談社学術文庫）

【参考文献一覧】

『サンダカン八番娼館』山崎朋子（文春文庫）、『メエルシュトレエムに呑まれて』ポオ著・小川和夫訳（『筑摩世界文学大系』筑摩書房）、『ＰＬＡＹＢＯＹ』（集英社・２００８年11月号）、『美術手帖』（美術出版社・２００７年５月号）、『他言無用』東郷青児（日本図書センター）、『証言「従軍慰安婦」ダイヤル１１０番の記録』（日朝協会埼玉県連合会）、『実験漂流記』アラン・ボンバール著・近藤等訳（白水社）、『ＴＯＫＹＯ美術館』（枻出版社）、『従軍慰安婦・内鮮結婚　性の侵略――戦後責任を考える――』鈴木裕子（未來社）、読売新聞の山下清についての連載記事、『私のシベリア抑留体験記』高橋秀雄（ＨＰ）、『旧ソ連抑留画集～元陸軍飛行兵　木内信夫』（Ｈ

P）、『季刊中帰連：私が知る「従軍慰安婦」』湯浅謙（HP）、丹生川上神社（HP）、

『風についての記憶』石原慎太郎（集英社）、『戦場からの証言　太平洋戦争』（HP）、町山智浩「Who's your daddy?」（『本人 hon-nin』連載、太田出版　単行本未刊行）

この他に多くの戦争文献や映画、祖父と祖母、親戚の戦争体験談から、多く引用ないし参考にしました。それらの諸著書諸文章に対して深く謝意を表するものです。

ハルピンで腸チフスにより病死した樋口薫さん（享年二十一）と、インパールで餓死した樋口吉太郎さん（享年三十七）、ボルネオ、スマトラ、マレー、インパールの戦地を生き抜いた祖父、樋口正四郎（一九一五—一九九三年）に、哀悼の意を表します。

対談　物書きは、現実と対決し、凌駕《りょうが》していく気概を持たなければいけない。

梁《ヤン》・石日《ソギル》　×　樋口毅宏

日本人の差別意識について

樋口　お会いするのは今日で三度目ですね。

梁　呑むのは初めてだね。

樋口　そうですね、前回はご自宅にお伺いして。そもそも、一面識もないのに受けていただいたんです、『民宿雪国』の推薦文を。

梁　なんか電話があって、あなたは編集者と突然やって来たんだよね。『民宿雪国』、僕はちょっと、変わった小説だと思いました。昔ね、『異母兄弟』という映画があったんです。三國連太郎が親父で、田中絹代がお母さんで、その息子が、田中絹代の連れ子だったのかな、それで親父が軍人なんです。すごく厳しくて、教育というよりは虐待をやるわけですよ。その映画をね、僕は思い出したんですけども、その映画と決定的に違うのは、この小説のなかではお母さんが朝鮮人であるということですよね。だから問題意識がもう、そこで全然違ってくる。ドメスティック・バイオレンスの要素のある内容なんだけども。

主人公の丹生雄武郎が亡くなるのが二〇一二年。この主人公は戦前、戦中、戦後をずーっと生きてきているわけで、そういう時代のなかでの在日朝鮮人と日本人の関係性が書かれている。一般的に言うとこういう親子もけっこういると思うんですけど、それが朝鮮人ということになれば、日本人が持っている植民地時代に培ってきた朝鮮人に対する優越性みたいな意識がね、脈々と続いていると私なんかには読めたわけですよ。実際、今でも日本人の意識の奥深いところには、朝鮮人蔑視はずーっと続いている。戦前、戦中は日本の植民地だったわけだからね、朝鮮は。物質的な面、精神的な面で、すごく優越性を持っているわけですね。見下す目線で見たり考えたりしますから。植民者の本能的なものになっているんですよね。差別を受ける側の人間も本能的にそういうものを感じるわけです。ですからこの小説というのは、そういう面でいうと単に家庭におけるドメスティック・バイオレンスを描いたものではないと、僕は感じたわけです。

在日には、小学校から中学、高校まであるわけですね、学校が。これは北朝鮮系ですけど。例えば、北朝鮮関係に政治的な問題があったりすると、いじめとか嫌がらせとか、事件がすぐに起こるわけです。そういう意識というのは、今もあるわけです。いじめているほうは実際そんな経験をしてないんですよ。戦前から戦中、北朝鮮は植民地で、そこで植民地人として何か経験しているというんであればね、まだわかるんだけど、そういう経験は全然ないわけでしょ。にもかかわらず、そういう目線で見るというところはね、怖いところですね。

樋口　正直蛇足かなという思いもあったんですが、誤解を招きたくなくて、あとがきを入れました。何人か、他の出版社の編集者の方にも言われたんですけど、なんであいうあとがきを入れたかというと、実は祥伝社で出す前に、別の出版社で話が進んでいたのが、上の方から内容が差別的だという理由で、いきなり出版の話がなくなってしまったんです。そういうこともあって、誤解されたくないという思いがあってこのあとがきをつけたんですね。

（編集部注・以下の文章は二〇一〇年発行の単行本に掲載されたものです）

あとがき

私が所謂「在日」について関心を持つようになったのは、二〇〇四年頃のことです。当時日本に吹き荒れていた韓流ブームをきっかけに、多くの韓国映画に触れました。それまでの人生で最大と言っていいほどの映画体験でした。編集者だった私は渡韓して、韓国映画の専門雑誌を立ち上げるまでに入れ込みました。そして同時に、それまでまったくと言っていいほどノーマークだった韓国に強い関心を持つようになります。興味を持った私は韓国関連の本を読み漁るうち、大変なショックを覚えました。

日本の映画界や芸能界で、日本人の肖像を演じ続けてきた彼らは、実は日本人ではない人が多かったということ。そして、歴史に残る映画や小説も、はっきりと記述しないものの、朝鮮人を主役に描いていた作品が多いという事実です。

当時私は三十歳を過ぎていましたが、これには言葉にならないショックを受けました。いままで自分は何を見て、読んできたのだろうと忸怩《じくじ》たる思いに駆られました。

私は一九七一年（昭和四十六年）、雑司ヶ谷生まれ池袋育ちの人間ですが、私の親や教師、友達とその親御さんなど、「日本人ではないこと」を理由に差別をするような人物はただのひとりもいませんでした。これは今もって自分が良い環境で育ったのだと、心から感謝しております。

誤解を受けたくないのでここで明言しておきます。私は差別を助長するためにこの物語を書いたわけでは絶対にありません。

ですから私は、『民宿雪国』に限らず、自分が書いた物語に登場する差別主義者には、それぞれ惨たらしい死を与えています。

本来なら物語にそうしたメッセージがわかるように託せばいいのですが、私の文章力では不本意な解釈をされてしまう可能性もあると思い、ここにあとがきを書き加えました。「自分にはちゃんと読む能力がある」と思われている方には、このあとがきは蛇足となったことでしょう。

なお、現在から見れば差別的な表現となるものの、それぞれの物語の時代では日常的に使われていた言葉を、一部使用しています。

最後に、新潟県寺泊町に生まれ育ち、激動の戦中戦後を生き抜き、共働きの両親に代わって、借り物の教育論ではなく、ありったけの喜怒哀楽をぶつけて私を育ててくれた母方の祖母鈴木フサ（一九〇七〜一九九二年）にこの本を捧げます。
　この小説はあなたのために書きました。

平成二十二年　晩秋　樋口毅宏

梁　差別的というのはどういう意味ですか？
樋口　在日朝鮮人に対して、悪く書いている、在日朝鮮人から抗議があったときは怖いから出せないと言われました。
梁　それはおかしいと思うね。
樋口　おかしいですね。別の出版社にその話をしたら、この本のどこがいったい差別的なんですかって驚かれました。極端な話、朝鮮人という言葉があったらもうだめなんです、それだけで。

作家として書き続けるということ

樋口　僕はいつも苦労して書いていますけど、梁さんが書かれた『Y氏の妄想録』という作品ですごいなと思ったのは、定年退職したY氏が主人公ですけど、自分も同じ立場、六十歳で定年退職を迎えた人じゃなくてよかったと思いました。もしこれを今、自分が六十歳で同じような状況で読んだら、途中で読むのをやめるか、発狂しちゃってたと思います。それくらいリアルでした。梁先生、そういう立場ではないのに、失礼ながら、もっとずっと年齢も上のはずなのに、なぜ会社を辞めて心細くなってしまう男の心理をここまで克明に詳細に描けるのか、読んでいて本当に怖かったです。

梁　私の周囲にはいるんですよ、定年退職になったやつが。別にこの通りの状態ではないけどね、わりあいそれに近いような感じがするんですよね。もうひとつは、定年退職しちゃうとね、人生、ポンと抜けちゃうところがあるんですね、見ていると。何をしていいかわからなくなっちゃう人が多いんです。そうすると別にこれは定年退職した人間だけの話ではなくて、人生における、ある年齢になってくるとだんだんいろんなものが欠落していくわけですからね。そういう時の精神状態というか、何を支えにして生きて行くのかという問題は、それなりにみんなあるんじゃないかと思うね。

樋口　日本人ほど規律に真面目な人間が多い国はないけど、いったん会社や組織から離れると、これほど宙ぶらりんで、糸が切れた凧みたいになる民族もないという。そういう記事を読んだことがあります。それだけでなく、怖さがあるんですよね、ぞっとする怖さが。それは『Y氏の妄想録』だけではなく、梁先生の他の本でもそうなんですけど。

梁　僕はあなたの『民宿雪国』を読んでね、『Y氏の妄想録』とね、ちょっとダブるところがあるなという感じを受けましたね。この主人公もそうですけど、やっぱりどこかで、現実と非現実みたいなもの、境界線をね、だんだんなくしちゃうというね。

樋口　僕が今まで梁先生の作品を読んできた中で、もちろんあれだけの数ですから、すべてを読んでいるわけではないですけど、どれだけショックを受けたかわからないです。初めて読んだのは十年以上前で『血と骨』だったんですが、二度目は読めなかったんです。一度読んだだけで充分にショックで衝撃でした。凡庸な言葉しか出てこないんですが、梁先生の作品で、他の作家にない最もすごいところは、やはり〝徹底的〟なところだと思います。ここまでやるかと、ここまで主人公、登場人物を追いつめていくかという。圧倒的な筆力といい、いつも僕はかなわないと、ホント、思わされます。

梁　いやいや、ありがたいんだけども、これからですから、あなたも。どんどんね、成長していく言うたらおかしいけども、私も最初の本、『タクシー狂躁曲』なんですけども、出したのが四十五歳でしたから、そういうことを考えるとね、時間がいっぱいあってね、これからどんどん良くなっていきますよ。今でも筆力は十分あると思うんですけどね。

樋口　僕が先生をすごいなと思うのは、デビューされてから、今年で三十年。『Y氏の妄想録』を、その前にも『週刊金曜日』で連載した『めぐりくる春』を出されて。普通は、年を追うごとに出せなくなっていくなかで、しかもこのアベレージの高さ。自分が三十年後、このペースで、ここまでのクオリティで出せるかっていうと、ちょっと無理ですって今から弱音を吐いてしまいます。

梁　大丈夫大丈夫。私は歳をとってから書き出しているからね。普通だったら、例えば四十五歳だったとして、仮に三十歳から出発しているとしたら、もう十五年経っているわけです。僕は四十五歳でまだまだ新人だったわけだから。それから三十年くらい経ってね、あの世のほうが近くなってきている。だけどやっぱりね、書き始めるのが遅かったことと、まだそんなに書いてないから、少しは余裕あると思うんですよね。大概、人気作家とか、それなりの作家さんを見ていると、早いんですよね、文学世界に出てくるのが。二十代とかね、三十代のはじめくらいとかね、早い子なんか十代から出てくるわけです。僕はね、十代で芥川賞をもらうのは素晴らしいと思うんですよ、才能があって。だけど、やっぱりある意味僕はちょっと同情するんです。二十歳くらいでね、芥川賞をもらって書くでしょ、やっぱりその若さでいうと、あと書くものがね、そんなにないんですよね。続かないんですよ。続くわけないもんね。

樋口　人生経験自体ないですからね。

梁　もちろん小説というのは、基本的にはフィクションだけど、それは経験というものを土台にしているところがあるわけですから、それがないと、フィクションのフィクションになっちゃって、非常に難しくなってくると思うんですよね。だからまあ、年齢的にいうと樋口さんくらいはちょうどいいんですよね。

樋口　ありがとうございます。僕は学校を出てから十三年間、編集者生活をしていたわけですけど、ダメ編集者でしたから。これは僕の古巣の、まだ残っている人たちの誰に訊いても同じことを言うと思います。最後は企画会議で企画書も通らなくなって、必然的に辞めざるをえないという状況になっていましたから。辞めてすぐに本を出せたりして、タイミングというか、たまたま運が良かったなと、出会いに恵まれていたなと思います。

二〇〇三年の頃、『ロッキング・オン・ジャパン』の編集長をされている山崎洋一郎さんが、『激刊!山崎』というコラムのなかで、ロックのことではなく小説を取り上げていて、それが白石一文さんの作品だったんですね。それで読んだのが白石さんのデビュー作『一瞬の光』です。読んで、なんだろうこれはと思って。それ以後も他の作品を読んで、こんな小説は読んだことがないなと思って、ちょうど僕が雑誌の編集部にいた頃にインタビューできる機会があったので、インタビューをさせてもらって、そこからですね。年一回、お手紙や電話のやりとりをさせてもらって、僕の書いたものを読んで、そこから新潮社を紹介して頂いて、デビューできましたから本当に、運が良かったとしか、言いようがないです。

僕はデビュー作が『さらば雑司ヶ谷』ですが、『民宿雪国』は三冊目で、実はデビュー作以前にも、会社を辞めるちょっと前に八〇〇枚の原稿を書いたんです。現実の自分にまつわるような話だったんですが、まさに梁先生の『タクシー狂躁曲』みたいな感じで。だけどラスト五〇枚くらいで実世界から遠く離れていく話だったため、他のいくつかの出版社からも出版に際して二の足を踏まれ、「ラストを変える」というのを条件に出すといわれていたんですが、つっぱねていたんです。そのうちのひとつの社がA社で、そこのSさんからこれを読んで下さいと渡されたのが『終りなき始まり』でした。僕、『終りなき始まり』がベストワンかなって思うくらいなんです、梁先生の本のなかで。それが三、四年くらい前なんですが、その時初めて、梁先生と僕のスタイルって意外と似ているのかなと思ったりして。その時、Sさんにもお伝えしたんです。僕が梁先生と同じことをやったら、梁先生にはとてもじゃないけど勝てない。それだったら、僕は梁先生ができないことをやるしかないって。結末を変えることを拒否して、その作品は未だにお蔵入りしています。それじゃあと次は枚数を半分にして、もっとスピード感があるやつにしようと思って書いたのが、デビュー作の『さらば雑司ヶ谷』だったんです。

先生と同じ土俵で、梁先生の若手版みたいなことを書いても、どうやったって僕は『終りなき始まり』にも、『血と骨』にも、『睡魔』にも、『シネマ・シネマ・シネマ』にも勝てない。ならば自分は異端というんですかね、飛び道具を使うというんですか、違うことをやろうと思ってます。

梁　異端、いいですよ。私も異端って言われてますから。

樋口　僕にとって『血と骨』は、世界文学以外の何ものでもないと思ってます。

梁　それは、どなたかも言ってくれてましたね。

樋口　井上ひさし先生です。あの本が直木賞をどういうわけか落とされて、そのあとに。

梁　あれはね、山本周五郎賞の受賞が先で、直木賞の候補にもなってたの。ところが直木賞で、選考委員たちの間で、「もう山本周五郎賞を獲ってるから、直木賞はいいでしょう」ということになっちゃったみたい。

樋口　井上ひさし先生が、「これは世界的文学だ」っておっしゃっていました。やっぱり井上さんは信用できるなと思いました。当時、打ちのめされた人間としてよく覚えています。ラストは徹夜で読んで、でもそろそろ会社に行かなければならない時間になって、家を出てから電車に乗って、電車から降りてから会社に向かっている間も歩きながら、ずっと読んでたんです。誰にも話しかけられたくないから、タイムカードを押して、そのままトイレの便座に座ってずっと集中して読んで、そのあと一日腑抜けのようで仕事になりませんでした。何しに会社行ってるんだ、休めよって話なんですけど（笑）。

梁　偶然というか、アメリカに女の人がいて、日本語がすごく達者な映画評論家なんです。日本の映画に関して詳しくて、この人がね、僕の『血と骨』を読み始めたら、とにかく、トイレ行っても読んでいたかったたって。

樋口　ものすごい小説って……梁先生の本がまさにそうなんですけど、こっちが読んでいる、能動態でいるにも拘らず、逆で、小説に自分がとらえられてしまうんですよね。『異邦人の夜』でもそうですし、本当に、もう動けなくなるんです、読み終わるまで。で、終わった後も、ぼーっとしてしまうんですよね。ここまでの体験をさせてもらえる小説って、正直、他の作家であったとしても、せいぜい一冊くらい。二冊、三冊、四冊とあるのは、僕は梁先生と白石さんだけなんです。

残念ながら、純文学の作家で「デビュー作が最高傑作」という方がすごく多かったりする。それに歳をとるほど、はっきりわかるんです、書き手の体力の低下が。例えば長い小説を作家さんが書かれたとします。ところが後半、グダグダになっていくことが実に多いんです。僕は以前、梁先生にお訊きしました。いったいどれくらいのペースで、これだけのテンションを維持して書いておられるんですか、と。そうしたら「毎日四〇〇字詰め原稿用紙一枚くらいです」って。がくっと来てしまって、しかも「呑んだ日は書けません」って。それなのにこのテンションの高さと持続ですか！ これはもう、持って生まれた才能の差なのかなって。やっぱり真似できないと思って、とぼとぼと帰りました。

梁　私は、本来さぼり魔だから。例えば五時間くらい集中すると本当に、エネルギーを費やしちゃうわけ。消耗して、もうそれ以上は書けないわけですね。あとは呑んで明日に備えようと。ところが明くる日になるとね、やっぱりエネルギーがもうないのね。その集中しているときに使い果たすエネルギーの、総量みたいなものがあるんじゃないかと思うんですね。それを書くときに全部使っちゃうと。あとはだから、二、三日、下手したら一週間くらいね、書けなくなるんです。というより、書きたくないの。四十代の頃はエネルギーがあったけどね、だけど体内に、みんなそれぞれのリズムを持っていて、そのリズムに乗って書いていると思うんです。ですから、リズムにいかに乗っていくかということですよね。

樋口　僕から見たら、先生のエネルギーは無尽蔵です。たぶん、ミリとメートルくらい、単位の差があるような気がします。先生の本では、後半尻すぼみになってしまうだとか、がくっとテンションが落ちたなとか、そういうのがただのひとつもない。七十歳を超えられてからの作品でも。

梁　最後が大事なんだよね。エネルギーを振り絞って完走すると。

樋口　ラストスパートもすごいんですよ。

梁　そうそう。それはどうしても必要なんです。そこはもう、がんばって。

樋口　持ってるものの、〝血と骨〟との違いなのかなって本当に思いますね。

梁　あなたはまだまだ若いわけですからね。エネルギーというのは、持続していくと不思議なことに出続けるんです。

絶望のどん底から本当の世界が始まる

樋口　お訊きしたかったのが、ここ一、二年、不透明な時代にさらに拍車がかかってきていて、監視社会化も進んで、他者に対する視線が厳しくなっている。はみ出すものに対する糾弾といいますか、例えばマスコミの報道の仕方でも、溺れる犬をさらに叩くやり方といい、だんだん戦時下に近づいているなあと。文献を読むと今って一九二〇年代の日本に似ているんですね、空気が。短命な政権が続いて、ある時強い権力を持った人間が現れる。ドイツのヒトラーがいい例です。不景気の折、ヒトラーは民主主義のなかから出て来たんですよね。今に僕は日本にもヒトラーが出てくると思っているんです。

梁　僕はね、いよいよ絶望のどん底に落ちるとき、そこからいよいよ本当の世界が始まると思っているんです。キルケゴールが言う、〝可能性の絶望〟ですね。可能性を追いかけていって、絶望に行くと、今度は〝絶望の可能性〟ということもある。絶望の中で可能性が見い出せる。今はどちらかというと、どんどん絶望のほうに進んでいるわけで、〝絶望の可能性〟を私たちは見極めていかなければならないのではないかと思うんだけど。それぞれの時代によっても状況が違うわけだからね、状況的に一九二〇年代に似ているといっても、やっぱり違うと思うんです。確かにこの先、何がどうなっていくのかは非常に不透明ではある。で、物書きというか、自分がやるべきことは何かというと、文学の本質、言葉の可能性を追求するしかないんですよ。言葉はあらゆるものを含んでいますから。あらゆる価値観は言葉で表現できるし、言葉によって作られるんですから。だから僕らは、言葉の可能性を追求していけば、新しい何かを発見できるのではないかなと思うんですけどね。

樋口　梁先生はこのお歳でも文学の可能性、社会における文学の役割を少年のように信じている……すごいなと思います。やっぱり書かれているものに自信があるからなんでしょうね。はっきりとそう言いきれるのはすごいことです。

梁　確かにね、今、僕が話したようなことは、今の日本の文学の流れの中では希薄になっているような気がします。希薄になっていくと、政治、社会、そういった変動にきちんと対応できなくなってくるのではないかと思います。文学は拮抗の中でその対象を凌駕していくエネルギーを持っていないと負けちゃうんですよ。物書きは、現実と対決し、凌駕していく気概を持たなければいけない。

樋口　近年は、現実のほうがフィクションに勝っていると言われていますが……。

梁　難しい問題ですね。やっぱりリアリティがないとフィクションは成立しないと思う。フィクションのフィクションは、すかすかのシュークリームみたいなもので、フィクションというものは、まさにリアリティを持つ必要がある。そうしないと成立しないと思うんです。

樋口　文学だけではないですよね。音楽も映画もそうですけど、後味がいいだけのお気楽なものばかりだなと思います。その中で、僕と梁先生は、恐れ多いですけど、ガチガチに硬質なものを投げ込んでいるな、と思います。

梁　『民宿雪国』ではね、例えば、親父が日本人で、奥さんが朝鮮人であるという関係性は、ままあるんです。私の親戚のなかにもいるんです。だけど、それをあえてこういう形でね、日本人である樋口さんが書いたということに非常に意味があるんです。在日文学でもこういう小説はないんですよ。「そういう人たちがいる」ということはわかっているんです。ただ、ちょっと敬遠するというかね、書かないわけです。でも、文学に聖域はないということなんですよね。

樋口　ショックだったんです。そういった、今も差別がある世界を信じたくなかったんです。憤りが書かせたところが強いですね。自分が大好きだった文学でも映画でも、実はそういったテーマが隠されていたのかなと思うと、今まで何を見てきたんだろうと。映画『キューポラのある街』も、普通に好きだったんですけど、はっと思い浮かんで、あれは在日朝鮮人部落の話なのかなと？

梁　そういう映画です。

樋口　そういうことを知らずに観ても面白いんですけど、背景を知ってみると、彼らの苦悩だとか、あそこで日々生活していた人の辛さだとかが、より感じられると思う。

梁　むしろあなたのような日本人の立場からだからこそ、この小説が書けたのではないかとも思うけどね。でも異端は未来を救うと思う。つまり新しい価値観を作った今までの歴史とか文化などを見ていくとね、異端が飛び出してくるんです。その代わりに犠牲になったり、えらい目に遭ったりしますけどね。しかし異端がいないと、先には進めないんですよね。時代を切り開いていくエネルギーは出てこないと思う。

樋口　文化というのは端っこからしか生まれない、とある人が言ってましたね。

梁　韓国文学をやってる人たちからすると、僕の小説は韓国文学ではないという。日本文学でもない、じゃあ、なんだと訊くと「異端文学だ」というんです。便利な言葉だなあと。

樋口　大ベストセラーが何冊もある梁先生ですが、僕はそれでもまだ先生の評価は低いと思っています。ここまでの圧倒的エネルギーは学習では会得できないんです。オンリーワンでナンバーワンですよ。

『血と骨』の父親役は前田日明がよかった

樋口　この間、ふと気づいたんです。自分の三作品（『さらば雑司ヶ谷』『日本のセックス』『民宿雪国』）は、ジャンルは違うんですけど、すべてに拷問シーンが出てくるんです。入れようと思ってるわけじゃないんですけど、必ず椅子に縛り付けていたりする。実体験はないんですけどね。

梁　小説というのはね、聖域などなく、何でもありだと思う。だから性の問題も避けられない。生きていることとの絶対的な証なんですから。変態であれ、生きていることの証で、表現言うたらおかしいけど、そういうかたちで出てくるんですね。性癖とか自虐の話じゃなくてね、サドとかマゾという言葉がありますけど、ああいうかたちで出てくるかどうかは別として潜在的に皆持っているものです。文学においては、出てきて、表現されて、ある意味では当然じゃないかなと思うんですね。

樋口　先生の本の中に出てくるセックス・シーンは濃密で業のようなものを感じます

し、『Y氏の妄想録』のなかでも出て来ますけど、「先生は現役だな」と思いました。自分が五十、六十過ぎて、これは書けないなと。すごいと思います。

梁　生きている限りね、人間、助平ですよ。助平な存在であったほうが、絶対にええと思うね。助平でなくなるとね、生命力が落ちていくと思う。

樋口　枯れるなんて言い方もしますが、先生は無縁そうですね。

梁　人間いうのはね、所詮ね、俗物だと思う。どんなに聖人ぶったって聖職についていたって、俗物なんですよ。私の親父なんかね、七十四歳くらいで亡くなったんだけど、七十歳くらいまで子供作ってたからね。あの精力はまともじゃないなと思うんだけど、それだけの生命力を持っていたんですよ。そしてそれは悪いことじゃない。北朝鮮には一歳くらいの子供がいて、一緒につれて帰ったんです。七十一か七十二歳で帰ったんです。

樋口　その異母兄弟とは？

梁　連絡は取ってないです。でも朝日新聞の夕刊になぜか載っていた。そういう特集があって、北朝鮮の子供たちのお母さん、子供を三人産んでるわけ。子供たちが「親父がなくなったあと、母恋し」と、そういうタイトルで夕刊に載ったのよ。写真が載ってた。僕はぜんぜん、わからないわけよ。三人の子、僕の異母兄弟、でも見たらね、親父にそっくりなんだ。僕も親父に後ろ姿が似ているらしい。親父は大きい。当時は巨漢ですよ。

樋口　あの映画『血と骨』（二〇〇四年）では、父親役をビートたけしさんが演じていましたが、可能なら前田日明もありだったかなと。

梁　前田から「父親役をやらせてくれ」って来たことがあったんよ。でも、だめだと。もう一人、プロレスラーでね、来たね。船木誠勝。彼ね、体がでかいんだけど、顔が幼いのね。

樋口　優しいんですよね。童顔なんです。

梁　そう。少年みたいな顔だから無理なんだ。

樋口　前田日明にやってほしかったなあ。たけしさんは悪人を演じていても、本当はいい人だってみんな知っているから。

梁　巡り合わせというのは不思議なもんですよ。偶然の必然みたいに巡り合わせがあると思うんだけどね。たけしはね、ある日、ふらっと大阪に遊びに行って、歌手のお友達と会ったんだって。で、一杯呑んでたらね、ヤクザにね、「たけし、お前、『血と骨』いう小説を読んだことがあるか。あの主人公、絶対お前がやれ」って言われたんだって。それで帰って来て読んでちょっとしたら、崔洋一監督から電話があったんだって。びっくりしてすぐＯＫしたんだって。不思議だよね。

樋口 残念ながら映画のほうは……あれは映像化はできないですよ。あんなものすごい小説は。

梁 親父の役は、「崔洋一がやったほうがよかったんちゃうか」ってよく言われるけどね（笑）。大きいから。ちょっと威嚇的なところがあるから。実際怒ったら怖いよ。

樋口 怒らなくても怖いですよ！

梁 あとは長谷川和彦。このふたりが一番強いんだって。

樋口 小説の帯に、原田芳雄さんがコメントを書かれていたので、ぼくは原田芳雄さんが父親役をやるんだと思ってました。

梁 原田芳雄はちょっと男前すぎるのよ。

樋口 今のところ先生の作品で映画化されたのは四本ですね。全部観ている人間からすると、『闇の子供たち』がベストかな。

梁 残念ながら最後がね。原作では民衆がうわっと出てくるんだけど、それは、結局出てこなかったわけよ、そういうシーンがね。なぜかというと、もともとあの映画を撮る時に、タイ政府からダメだと断られていたわけ。しょうがなしに監督はタイを出てね、しばらくしてスタッフ連れて、またタイに入って、ゲリラ撮影したわけ。一週間くらいで撮って、また出て。出たり入ったりでやってたの。タイのその筋の詳しい人にいろいろやってもらって。

樋口　新たな解釈も入ってましたし、面白かったですよ。とても忠実には映像化できないですから。

梁　あれは韓国で翻訳されて、発売禁止になった。頭にきた。どこが猥褻なんだと。猥褻でダメだと。冗談じゃないよ。

樋口　『異邦人の夜』もぜひ映画化して欲しいなあ。大好きなんです、あれも。

勝新太郎は『夜を賭けて』を撮りたがっていた

梁　勝新太郎さんとはね、死ぬ前に赤坂のＴＢＳの地下にあった料理屋で、三、四回呑んだ。勝さんが僕の『夜を賭けて』をやりたいと言っていて。

樋口　観たかったなあ。

梁　資金はスウェーデンからもってくるとか借りてくるとか。スウェーデンねえ、って。

樋口　さすがですね（笑）。

梁　それで三、四回くらい会ったんだよね。しょっちゅう電話かかってきて。自分で監督をやるということで。

樋口　勝新さんが撮ったらまた死人が出たでしょうね。集落の放火シーンで。撮らなくて良かったかもしれないですね。

梁　呑んだ後、渋谷の道玄坂のいちばん上に、韓国焼き肉店があって、必ずそこに行く。すると奥さんの中村玉緒さんが先にいて用意している。あんな急に死ぬと思わなかったな。まあしかしやっぱりね、この人は映画好きだなと。呑みながらも、撮影をしている気分で、ここはこうやって撮りたいと思っているとかね、そういう話ばっかし。面白い人やったな。それで「脚本をぜひ梁さんにお願いします」って言われてた。俺は脚本を書いたことがないから無理じゃないのって言ってたんだ。

樋口　そのやりとりをぜひ本にして頂きたいです！

梁　葬儀に俺、行ったけどね。

増刷・増刷の時代

梁　昔は私の初版は五万部ぐらいでやってたんだけどね。今はそんなの無理よ。あの頃は私の本もけっこう売れてたからね。

樋口　『血と骨』は？

梁　一〇〇万部超えてるかな。文庫合わせてね。

樋口　なおかつ映画化もされて。

梁　その頃はね、増刷なんかもすごかったからね、増刷も五万部とか出してくるわけ。僕はちょうどあの頃、映画に出てたの。『家族シネマ』（一九九九年）。奈良で撮ってた。一ヶ月半くらい。ちょうどその頃、三日に一回くらい電話がかかってくる。「二万部増刷します」とかね。一冊二、〇〇〇円くらいだから二万部だと四〇〇〇万入ってくる。スタッフに「よし、焼き肉食べに行こう」って（笑）。そういう時代だったわけよ。今はちょっとね、本当に落ち込んでるから。

樋口　『闇の子供たち』は？

梁　僕はそんなに売れると思わなかった。『夜を賭けて』のほうが売れると思ったの。ところが気がついたら、『闇の子供たち』は五〇万部近く。ビックリした。

樋口　『タクシー狂躁曲』を書かれたときは？

梁　足掛け十年、タクシー運転手をやっていたのね。やめるきっかけは事故に遭ってから。意識不明になって、事態もぜんぜんわからなかった。相当大きな音がしたと思うね、午前二時くらいだから。衝撃音でみんな起きて、人だかりになってた。
樋口　亡くなった人や、寝たきりになった人もいたとか。
梁　そうそう。
樋口　それが映画『月はどっちに出ている』（一九九三年）になりました。
梁　映画は五七の賞を獲ったの。ほとんどの賞を独占したんだよね。

取材・文／轟夕起夫

（『週刊SPA！』二〇一一年四月五日号掲載のインタビューを完全収録）

対談　アート界・借り物の人生
～映画『イグジット・スルー・ザ・ギフトショップ』と『民宿雪国』

町山智浩　×　樋口毅宏

町山　'10年末に出た樋口君の『民宿雪国』は丹生雄武郎という国民的アーティストの真実を暴くことで、アートの売り出し方に関して〝いかに世間は簡単に騙されるか〟ってことが書いてあるよね。

樋口　第四部「借り物の人生」がそうですね。

町山　『イグジット・スルー・ザ・ギフトショップ』はモダンアートの世界でバンクシーという男が仕掛けたイタズラに予想以上に世間が乗りすぎて大変なことになる映画だから、これはぜひ樋口君に観た感想を言ってもらって、なおかつ樋口君の本も宣伝しよう、と。

樋口　ありがとうございます！

町山　まずは、どうやって出会ったんだっけ？　樋口君と俺。
樋口　最初にお会いしたのは'02年、渋谷のパンテオンでやった『映画秘宝』のイベントです。町山さんが壇上から開口一番に「チンコー！　マンコー！」って叫ばれていたのがすごく衝撃的で。
町山　（笑）。東京国際ファンタスティック映画祭の「映画秘宝まつり」観に来てくれたんだ。
樋口　当時、僕はコアマガジンの『ＢＵＢＫＡ』編集部にいまして。町山さんの連載を担当させてもらいました。
町山　樋口君は『みうらじゅんマガジン』も作ってるよね。
樋口　はい、そのあと白夜書房に移って。
町山　小説なんていつ書いてたの？
樋口　会社にいた頃から家で夜中にコツコツと。当時は石原慎太郎の亜流みたいなものを書いていたんです。それから'03年に白石一文さんの小説を読んでショックを受けて、『ＢＵＢＫＡ』でインタビューさせてもらったり、自分の書いた小説を読んでもらっているうちに'06年9月、「君が書けることはわかったから、次は1年かけて一、〇〇〇枚書いて僕に送りなさい」と言われて。

町山　一、〇〇〇枚⁉　すごいねえ。

樋口　それで書いて白石さんが出版社を紹介してくれたんですけど、結局世に出ず。というのも途中まで『タクシードライバー』だったのが、最後『サイン』になるような話だったんです。

町山　宇宙人が出てくんの⁉（笑）

樋口　どの出版社からもラストを変えろと言われたんですけどお断りして。その反省もあって次は枚数が半分以下でもっとスピード感があるものを書こうと'08年12月15日、白夜書房を辞めた日と同時に1カ月で書き上げたのが『さらば雑司ヶ谷』だったんです。

町山　いやー、樋口君は面白い人でさ。初めて一緒に飲んだときも、ずーっとスワッピングの話をしてて（笑）。

樋口　やったことないんですけど（笑）。

町山　あの話、小説にしたよね？

樋口　はい。『日本のセックス』。

町山　俺、樋口君すごいと思ったのは、まず『さらば雑司ヶ谷』を読んで爆笑したの。出てくる寿司職人の名前が「梅吉」って、『ど根性ガエル』かよ！（笑）どうしようもないギャグを入れてくるなあと思って。

樋口 僕、町山さんが指摘してくれるまで本当にそのことを忘れてて、2刷か3刷以降、参考文献のクレジットに『ど根性ガエル』が加わってます。

町山 樋口君の作品はそういう引き出しが面白かった。

樋口 ありがとうございます。

町山 ただ、わからない人は勘違いするんじゃないかなと思ってたら、案の定、ロッキング・オンの『SIGHT』って雑誌で北上次郎が『さらば雑司ヶ谷』を「これは新しい」って褒めてんだけど言ってることが極めてトンチンカンでさ。対談相手の大森望さんはわかってるひとだから「あれはタランティーノの『レザボア・ドッグス』でマドンナの歌について真剣に議論するシーンの影響です」って説明しても全然ピンと来てなくて、がっかりするんだよね。

樋口 間違いなく『レザボア・ドッグス』の影響ありますよ。

批評家が気づけよバカ!(笑)

町山 『民宿雪国』でパクリの絵描きが美術界で絶賛されるおかしさってさ、『さらば雑司ヶ谷』が北上次郎みたいにわかってない人に絶賛された経験から来てるの？

樋口　そこは意識してなかったです。というのも、『民宿雪国』は『さらば雑司ヶ谷』が’09年8月に新潮社から出る前に書き終わってるんです。

町山　えっ！　そうなんだ？

樋口　『民宿雪国』は3社に出版を断られていて。それであとに書いた『日本のセックス』が先に出たという。

町山　俺、勘違いしてたのか。じゃあさ、『イグジット～』は面白かった？

樋口　それが最初観たときは、あまり面白さがわからなかったんです。

町山　えーっ！　なんでなんで⁉

樋口　町山さんのTBSラジオ『キラ★キラ』（’10年5月7日放送分）のポッドキャストを聴き直して2回目を観て、ようやく受け止め方がわかったんです。正直〝バンクシーはこんなにすごい〟ってことを前提にしないと、他の方も同じように思うんじゃないかなって。

町山　あっ、日本だとバンクシーのアート・ゲリラとしての凄さが知られてないってことか。でも、わかると面白いでしょ？

樋口　面白かったです。なるほどって。

いっさいの素性を隠し、英国を拠点にアンチ・コマーシャルな活動を続けるストリート・アートのカリスマ、バンクシー。有名美術館に自身の作品をこっそり展示したり、パリス・ヒルトンのデビューアルバムの偽物をショップ店頭に〝万置き〟して世間を騒がせる一方、極めてメッセージ性の強いグラフィティを次々発表。あまりの人気ゆえ、彼のフックアップで世に出たMBWは『イグジット〜』で正体が明かされた後もコレクターの間で逆に価値が上がる始末である。なお、本作は第83回アカデミー賞で惜しくも長編ドキュメンタリー映画賞を逃したが、授賞式直前のL.A.周辺では「クレヨンの銃を抱えた少年」など幾つかバンクシーの作品が見つかっている。

町山　俺がこの映画を観る前から、アメリカではバンクシーは話題になってたんだ。うちの近所のサンフランシスコでも、ある朝、4カ所にバンクシーの落書きが発見されたりして。これってバンクシーが夜中に無許可で他人の家の壁とか公共物に描くから犯罪なんだよね。でも、彼の絵はものすごく価値があるから、描かれたほうはさ。

樋口　困っちゃいますね（笑）。

町山　すごく価値のあるアートをタダで、というか、無理やりバラまいてるわけ。しかも、道端に描いてるから、いつでも誰でもタダで観れる。これって村上隆が「アートはビジネスだ」とか言ってるのをひっくり返しちゃうわけだよ。あと、バンクシー本人が表に出ない。っていうか出てこれないんだよね。

樋口　顔がわかると逮捕されちゃうから、マズい。命張ってやってるところもありますからね。場所によっては。

町山　バンクシーはアート・ゲリラだからね。パレスチナに行って壁にイタズラ描きしたり。あれ、イスラエル軍に威嚇射撃を喰らってんだよね。ＫＫＫ《クー・クラックス・クラン》が黒人をリンチしてた土地にわざわざ行ってＫＫＫを首つりにする絵を描いたり。

樋口　町山さんが以前その写真をブログにアップされているのを見ました。

町山　でさ、『イグジット〜』が面白いのは、話がどこに転がって行くのかわからないとこ。ドキュメンタリーの一番いいところって、そこじゃない？　樋口君の小説もそうだけど。この映画、ストリート・アーティストたちを趣味でビデオに撮ってる古着屋のオッサンの話として始まるじゃん？

樋口　ですね。L.A.在住のフランス人、ティエリー・グエッタという男性。

町山　このオッサンがバンクシーのドキュメンタリー映画を撮らせてくれって言いだ

して、バンクシーも「いいよ」ってオッケーするけど、オッサンが編集したビデオを観たらどうしようもなくてさ。

樋口　ひどかったですねー（笑）。

町山　何のセンスもない。ぐちゃぐちゃ。あきれたバンクシーが「じゃあ、オレが監督するよ」って言うんだけど、なんと「オレよりもオッサン、あんたのほうが面白いから、あんたの映画にする」って言い出すの。で、そのど素人のオッサンをMr. Brainwash（MBW）ってアーティストにでっちあげちゃう！　もちろんオッサンはアートについて何も知らないし、絵すら描けないからバイトの学生を雇って描かせるんだよね。ところがフタを開けたら……。

樋口　ここまで世間はアホだったかっていう。バンクシー自身も想像してなかったでしょうね。まるで椎名桜子が小説家としても映画監督としても評価されました、ぐらいのオチですよ（笑）。

町山　「職業・作家、処女作執筆中」ってどんな作家だよ（笑）。だから、『民宿雪国』とすごく共通点あるなと思って。『民宿雪国』の絵描きの雄武郎は才能あるんだけど。

樋口　まあ、ＭＢＷよりは才能あると思いますね、いくらなんでも。

町山　でも、批評家たちは雄武郎の作品の本当の意味をわかってない。『民宿雪国』

は『キー・ラーゴ』（'48年）で始まって突然アートに流れていくところは面白かったね。

樋口　'09年に『キー・ラーゴ』を観て、あの車椅子のお爺さんが本当は立てたら面白いのになと思って、観たその日から書き始めた50枚が第一部なんです。

町山　車椅子のチョウ・ユンファがいきなり立ち上がって暴れだすってジョン・ウーの映画であるよね。『狼たちの絆』（'91年）。

樋口　初めて聞きました。そのときはやっぱり鳩が飛び立つんですか？（笑）

町山　鳩は飛ばないけど、映画館で爆笑したよ（笑）。で、『キー・ラーゴ』がアートと結びつくきっかけは？

樋口　母方の祖母が新潟県寺泊町出身なので、寺泊を舞台に戦後から現代までの話にしようと調べたら、山下清が近くに来ていたことを新聞記事で見つけて。同時に、以前から芸術のインチキな側面にも興味を持っていて、町山さんがブログで紹介されていた『こんな絵、ウチの子だって描けるぞ（My Kid Could Paint That）』（'07年）ってドキュメンタリー映画とか。

町山　はいはい、5歳の女の子が描いたジャクソン・ポロックみたいな抽象画がめちゃくちゃ高く売れちゃったってやつね。

樋口　展覧会に行けば、くしゃくしゃのプラスチックを貼っただけで二〇〇万円とか。そういう欺瞞への苛立ちが積もり積もって『民宿雪国』の第四部に繋がったと思います。

町山　そうだったんだ。じゃあ、『イグジット～』で一番笑ったのはどこ？

樋口　やっぱりＭＢＷが「僕の作品は独創的だから、いまに正当な評価を受けると思うよ」ってぬけぬけと語る姿が脱力モノでした。〝お前、いい加減にしろよ？〟って。『童貞。をプロデュース』ならぬ『デブおやじ。をプロデュース』（笑）。しかも、中身ゼロ！

町山　わははははは！

樋口　最後のほうで描く文字も、どう見たって素養ないのに、ドヤ顔するし（笑）。

町山　俺が笑ったのは、バンクシーにお前もストリート・アート描けって言われて夜中に町に出るけど何やってもダメで、ペンキまでこぼしちゃってさ。

樋口　（笑）。フランス語で〝SHIT〟に当たる言葉が出ますよね。つい素が出ちゃう。

町山　ドキュメンタリー映画でこんなに爆笑することって珍しいよ。『民宿雪国』も爆笑したよ。昔の『宝島』が出てきてさ。'88年って俺、編集部にいたし。

樋口　僕が高校生のとき『宝島』の巻頭で「読み飛ばすな、ここに世界の現実がある！」とあって。あとで振り返ると、ああいう書き方するのは町山さんだったんじゃないかなと思って。

町山　たぶん俺だな（笑）。あの頃の『宝島』はロックとアートを同列で扱う雑誌で、『民宿雪国』にはそれがそのまま出てくるから恥ずかしかった。明らかに坂本龍一と大江健三郎と思われる人とかさ。

樋口　あの架空の対談の元ネタは白石一文さんの「砂の城」（『草にすわる』収録）という小説で、いわば〝暴かれた大江健三郎〟みたいな話なんです。

町山　へー。大江健三郎の出世作『死者の奢り』って、死体洗いのバイトの話で、死体をアルコールの風呂に漬けて保存してる描写が出てくるんだけど、デタラメだよ。俺、解剖の現場見てるけど、死体は冷蔵して保存するんだよ。そもそもアルコールって気化しちゃうじゃん。『死者の奢り』を絶賛した批評家は全員理科0点だって俺は言いたい（笑）。あと、雄武郎が有名な絵をパクりまくってるのに美術評論家たちが全然気がつかない。アートでも映画でも批評家のレベルは著しく下がってるよね。最近だったら『ソーシャル・ネットワーク』が公開されても誰も『市民ケーン』との関連性を言わないとか。あとは『インセプション』ね。

樋口　町山さんが指摘された『ラストタンゴ・イン・パリ』（'72年）との共通点。あれはびっくりしました。

町山　映画もアートも小説も必ず何かをふまえているんだから、それを指摘するのが批評家の仕事なのに、それができてない状況があるんだよね。『民宿雪国』の雄武郎は山下清をパクったのに批評家は誰もそれを指摘しない。

樋口　雄武郎が山下清に描いてもらったスケッチをそのまま使う場面のヒントになったのは洋画家の青木繁と坂本繁二郎の関係性です。坂本の死後、自宅の押し入れから若くして亡くなった青木のスケッチブックが出てきたんです。

町山　えーっ！　ひょっとして……？

樋口　松本清張の推測ですけど。とくに馬の絵はそのまんまだったと。それだけで一冊出しています。

町山　それがバレずに流通するって、日本の美術界って昔からダメだったんだな。そこそとパクらないで、堂々と「影響された」って言って自分の作品を作ればいいのに。

樋口　むしろ僕なんか言いたがりですよ。参考文献を見てもらえば、元ネタ露出狂ってわかると思います（笑）。これはあちこちで言ってるんですけど、僕の本より、影響を与えてくれた映画なり音楽なり小説のほうが全然面白いから手にとってほしいって気持ちなんです。

町山　いやいや！　タランティーノってゴミ映画が大好きでいっぱい真似するけど、元ネタの映画を実際に観ると面白くないからね（笑）。彼の映画のほうが全然面白い。でも、タランティーノは「俺の映画のほうがいい」とは言わない。謙虚だよね。樋口君もそうだと思うんだ。映画に限らず、ゴッホだって日本の浮世絵を一所懸命模写してるうちに自分の絵が描けるようになったんだから。

樋口　換骨奪胎、試行錯誤のうえにスタイルを確立していきますよね。

町山　そうそう。問題は描き手じゃなく、批評家なら気づけよ！　ってことだよ（笑）。

『イグジット～』ってフィクション⁉

町山　俺、日本の映画批評家が全滅状態だなと思ったのは、トッド・ヘインズ監督の『エデンより彼方に』（'02年）が公開されたとき。『天はすべて許し給う』（'55年）をパスティーシュした映画なのに、ダグラス・サークとの関係がほとんど書かれなかったんだよね。

樋口　『民宿雪国』第四部のタイトル「イミテーション・オブ・ライフ」は、ダグラス・サーク監督の『悲しみは空の彼方に』（'59年）の原題です。
町山　第四部は偽物の人生がテーマだけど、人生なんていろんな人や作品の影響で作られてるから、ある程度は借り物だし、本当のところは誰にもわからないよ。『民宿雪国』では最後に真実がすべて語られるけど、この言葉すら信じられないよね。
樋口　嘘に嘘を重ねてきたから。
町山　俺も『hon-nin』に連載していた原稿（「Who's your daddy?」）を単行本にしたいんだけど困ってるのはこれと同じ問題で、うちの親父が話したことがどこまで本当なのかわからない。じゃあ、ここで樋口君の本を宣伝しておくと最新刊の『雑司ヶ谷R.I.P.』。これ『ゴッドファーザー Part II』だね！
樋口　完全にそうです。大河内太郎が帰ってきてからと、先代がどうして成り上がっていったかを交互にして。
町山　『さらば雑司ヶ谷』で宗教団体とヤクザの町として描かれたことを、雑司ヶ谷の人たちはどう思ってんの？
樋口　雑司ヶ谷で生まれた僕が書くならいいでしょって気持ちです。
町山　樋口君が『さらば雑司ヶ谷』の主人公みたいに怖いやつだと思ってる人もいっ

ぱいるでしょ？　作風と重ね合わせて。樋口君もバンクシーみたいに顔隠して徹底的にイメージ作りあげちゃったほうがいいよ（笑）。

樋口　「鬼子母神で耳そぎが……」。

町山　ねえよ！（笑）再び『イグジット～』の話に戻すと、最後のバンクシーのモノローグあるじゃん？　あれ、本気だと思う？　演技だと思う？

樋口　うーん……。演技かなと思うんですけど、どうなんだろう？

町山　わかんないよね？　顔を隠してるから演技かどうかも謎でさ。

樋口　僕にはあの真っ暗な中でも、落胆の表情が見えるような気がしました。

町山　アメリカでは『イグジット～』が公開された時、みんなビックリしたんだよね。だってＭＢＷは本当にすごいアーティストだと思われてたから！

樋口　えーっ！　そうなんですか⁉

町山　だから映画を観て、「バンクシーのイタズラだったのか、騙された！」って。ＭＢＷを絶賛したアート関係者は大恥かいたよ。マドンナだって騙された。彼女が自分のアルバムのジャケットに起用した段階ではＭＢＷがバンクシーのイタズラだなんて誰も知らなかったから。

樋口　はぁーっ！　そうなると本当に『民宿雪国』と一緒なんですね。超有名な人物であることを大前提に、後から正体を暴いていくのがアメリカ人が観る『イグジット～』なら、日本人が観る『イグジット～』は真逆で、トリックスターの作り方だったという。

町山　MBWの作品は既存のモダンアートの真似だけど、あれは実際にイミテーションアートってジャンルがあるんだよ。さっきの『ウチの子だって～』は、あの絵を最初に売り出したキュレーターは緻密なスーパーリアリズムの絵を描く男だけど全然売れなくて、画壇に復讐するために子どもの絵を出したことが最後にわかる。もしかしたらバンクシーはあの映画にヒントを得てるのかもしれない。自分で描いてない絵を作品として発表するのはウォーホルがやっちゃったし、マーク・コスタビなんてサインするだけだし、アートってもともとそういう世界だから、この映画だってどこまでが本当なのかわかんないよね？

樋口　実は1回目に観たとき〝これフィクションだよね？〟と思ったんです。とくにMBWが展覧会前に足を折る映像なんて、X JAPANがライブ直前に「事務所とのトラブル！」とか「緊急入院！」って盛り上げていくみたいな（笑）。

町山　DVDが出たら副音声で「この部分は演技だから」って、またひっくり返されるかもね。樋口君、今日はありがとう。本がたくさん売れるといいね。『さらば雑司ヶ谷』映画化されないかな？

樋口　20年前だったら石井輝男監督にお願いしたかったですね。僕の部屋に唯一貼ってあるのが、以前『映画秘宝』のイベントでもらった異常性愛路線のDVDボックス告知ポスターなので。

町山　（笑）。三池崇史さんだったら、きっと撮れるよ。石井輝男イズム継承者は、日本だと三池さんしかいないでしょ！

樋口　撮ってもらえたら嬉しいです。あと、園子温監督もいいなって。とくに『冷たい熱帯魚』を観て思いました。

町山　じゃあ、雄武郎役はでんでんで！

取材・文／秦野邦彦

（『映画秘宝』二〇一一年五月号掲載）

この作品『民宿雪国』は平成二十二年十二月、小社より四六判で刊行されたものです。

本作品はフィクションであり、実在のいかなる組織・個人、また雑誌名等の媒体とも一切関わりのないことを付記いたします。（編集部）

一〇〇字書評

切り取り線

民宿雪国

購買動機（新聞、雑誌名を記入するか、あるいは○をつけてください）

□（　　　　　　　　　　　）の広告を見て
□（　　　　　　　　　　　）の書評を見て
□ 知人のすすめで　　　　　□ タイトルに惹かれて
□ カバーが良かったから　　□ 内容が面白そうだから
□ 好きな作家だから　　　　□ 好きな分野の本だから

・最近、最も感銘を受けた作品名をお書き下さい

・あなたのお好きな作家名をお書き下さい

・その他、ご要望がありましたらお書き下さい

住所	〒				
氏名		職業		年齢	
Eメール	※携帯には配信できません	新刊情報等のメール配信を 希望する・しない			

この本の感想を、編集部までお寄せいただけたらありがたく存じます。今後の企画の参考にさせていただきます。Eメールでも結構です。

いただいた「一〇〇字書評」は、新聞・雑誌等に紹介させていただくことがあります。その場合はお礼として特製図書カードを差し上げます。

前ページの原稿用紙に書評をお書きの上、切り取り、左記までお送り下さい。宛先の住所は不要です。

なお、ご記入いただいたお名前、ご住所等は、書評紹介の事前了解、謝礼のお届けのためだけに利用し、そのほかの目的のために利用することはありません。

〒一〇一-八七〇一
祥伝社文庫編集長 坂口芳和
電話 〇三（三二六五）二〇八〇

祥伝社ホームページの「ブックレビュー」からも、書き込めます。
http://www.shodensha.co.jp/bookreview/

祥伝社文庫

民宿雪国《みんしゅくゆきぐに》

平成25年10月20日　初版第1刷発行

著　者　樋口毅宏《ひぐちたけひろ》
発行者　竹内和芳
発行所　祥伝社《しょうでんしゃ》
東京都千代田区神田神保町3-3
〒101-8701
電話　03（3265）2081（販売部）
電話　03（3265）2080（編集部）
電話　03（3265）3622（業務部）
http://www.shodensha.co.jp/

印刷所　錦明印刷
製本所　ナショナル製本
カバーフォーマットデザイン　芥 陽子

Printed in Japan ©2013, Takehiro Higuchi　ISBN978-4-396-33879-4

祥伝社文庫　今月の新刊

樋口毅宏　**民宿雪国**
ある国民的画家の死から始まる、小説界を震撼させた大問題作。

南　英男　**暴発**　警視庁迷宮捜査班
違法捜査を厭わない男と元マル暴の、最強のコンビ、登場！

安達　瑶　**殺しの口づけ**　悪漢刑事《わるデカ》
男を狂わせる、魔性の唇――陰に潜む謎の美女の正体は⁉

浜田文人　**欲望**　探偵・かまわれ玲人《れいじ》
果てなき権力欲。永田町の〝えげつない〟闘争を抉る！

門田泰明　**半斬《はんざん》ノ蝶《ちょう》　下**　浮世絵宗次日月抄
シリーズ史上最興奮の衝撃。壮絶な終幕、悲しき別離――

辻堂　魁　**春雷抄**　風の市兵衛
六〇万部突破！　夫を、父を想う母子のため、市兵衛が奔る！

野口　卓　**水を出る**　軍鶏《しゃも》侍
導く道は、剣の強さのみあらず。成長と絆を精緻に描く傑作。

睦月影郎　**蜜仕置《みつしおき》**
亡き兄嫁に似た美しい女忍びが、祐之助に淫らな手ほどきを……

八神淳一　**艶《つや》同心**
へなちょこ同心と旗本の姫が人の弱みにつけこむ悪を斬る。

風野真知雄　喧嘩旗本　**勝小吉《かつこきち》事件帖**　新装版
江戸八百八町の怪事件を座敷牢の中から解決！

佐々木裕一　**龍眼**　隠れ御庭番・老骨伝兵衛
敵は吉宗！　元御庭番、今は風呂焚きの老忍者が再び立つ。